KB123776

로크미디어가
유혹하는
재미있는 세상

ROK
MEDIA
로크미디어

어게인 마이 라이프

SEASON 2

어게인 마이 라이프 Season 2 19

2017년 6월 21일 초판 1쇄 인쇄
2017년 6월 26일 초판 1쇄 발행

지은이 이해날
발행인 이종주

기획 팀 이기헌 송윤성 왕소현
책임 편집 최전경

발행처 (주)로크미디어
출판등록 2003년 3월 24일
주소 서울시 마포구 성암로 330 DMC첨단산업센터 3층 314호
Tel (02)3273-5135 **Fax** (02)3273-5134
홈페이지 rokmedia.com **E-mail** rokmedia@empas.com

ⓒ 이해날, 2016

값 8,000원

ISBN 979-11-294-0015-4 (19권)
ISBN 979-11-255-8823-8 04810 (세트)

SEASON 2

어게인
마이 라이프
SEASON 2

이해날 장편소설

ROK
MEDIA
로크미디어

CONTENTS

Chapter 1

김용준 회장이 없는 천하 그룹 회장실.

주인을 잃은 방에는 쓸쓸한 기운만이 느껴졌다.

직원이 들어와 매일 책상을 닦지만 사람의 온기를 채울 수는 없었다.

그런데 오늘은 누군가가 있었다.

회장실의 창가, 거대한 통유리에 희우가 서 있는 게 보였다.

희우는 창밖을 바라보며 오명성 대통령과 전화를 하고 있었다.

"대통령님의 아들 오제호의 사고 소식은 들었습니다. 정말 안타깝습니다. 어서 쾌차하기를 바라고 있습니다."

희우는 정중하게 말했다.

하지만 돌아오는 오명성 대통령의 목소리는 전혀 아니었다.

오명성 대통령은 시비를 걸 듯 기분 나쁜 목소리로 말했다.

ㅡ하고 싶은 말이 있으면 해. 자네에게 내 아들의 걱정을 듣고 싶지 않아.

희우의 입꼬리가 비틀렸다.

"저와 대통령님 사이에 감정 상할 일이 있었나요? 적어도 대통령님과는 아무 일도 없었던 것 같은데요."

ㅡ그래, 맞아. 감정 상할 일은 없었어. 하지만 감정이 좋을 일도 없었지.

희우가 고개를 끄덕였다.

"그러네요. 우리가 서로 감정이 좋을 일도 없네요. 좋습니다. 그럼 이런저런 안부 인사는 접어 두고 말씀드리겠습니다. 대통령님은 사고를 낸 범인이 조진석이라고 생각하십니까?"

ㅡ……!

아직 경찰 수사 과정에서도 조진석의 이름은 나오지 않았다. 차량이 대포차였고 지문 역시 혼합되어 있었기에 특정 누군가를 찾기는 힘들었기 때문이다.

오명성 대통령도 수사 결과를 통해 조진석의 이름을 알고 있는 게 아니었다.

얼마 전, 천호령 회장에게 들어 알고 있었다.

그런데 어떻게 김희우가 알고 있을 것일까?

오명성 대통령은 입을 닫고 아무 말도 하지 않았다.

희우가 다시 입을 열었다.

"잘못 짚고 계시네요."

─무슨 소리를 하는 거지?

"제 말이 어려웠나요? 그럼 달리 물어보겠습니다. 대통령님은 경찰의 수사 결과를 믿습니까?"

─무슨 소리를 하는 거야!

"이번에도 어려웠습니까? 그럼 또 다른 걸 묻겠습니다. 대통령님은 비서를 믿나요?"

이제 수화기 너머에서는 화를 내는 소리도 들려오지 않았다. 치아를 꽉 깨물며 화를 참는 소리만 들릴 뿐이었다.

희우가 슬쩍 웃으며 말했다.

"그럼 현장에 제가 있었다는 건 알고 계셨나요?"

─뭐, 뭐라고?

"전 지나가는 목격자였습니다. 현장엔 조진석이 있었죠. 누군가에게 테러를 당하는 중이었습니다."

─그 말을 지금 믿으라는 건가?

"믿으라고 안 했습니다. 저는 아무도 믿지 말라고 이야기하는 겁니다. 믿지 말고 직접 현장에 가서 두 눈으로 보세요. 괴롭다고 시선을 피하려 하지 말고 똑바로 보세요. 아직 미세한 흔적은 남아 있습니다."

수화기 너머에서 오명성 대통령의 긴장된 숨소리가 전해져 왔다.

희우가 말했다.

"많은 사람들이 똑같이 이야기한다고 해서 그게 꼭 진실인 것은 아닙니다."

-……!

"힌트 하나 더 드리죠. 사건 현장에 갈 때는 웬만하면 비서는 달고 가지 마세요. 혹시 압니까? 대통령님 아래에서 일하면서 천호령 회장에게 용돈을 받고 있을지도 모르잖아요."

희우는 천천히 전화기를 내려 뒀다. 그리고 앞을 바라봤다.

통유리를 통해 서울이 보였다.

하지만 희우의 눈은 서울을 보고 있지 않았다.

앞으로 일어날 오명성 대통령과 천호령 회장의 싸움을 보고 있었다.

같은 목적을 위해 손잡고 있던 두 사람이다.

하지만 천호령 회장의 무리한 행동으로 인해 관계가 깨질 거다.

희우의 입에 비릿한 미소가 걸렸다.

이제 씨앗은 뿌렸다.

자라난 씨앗은 천호령 회장과 오명성 대통령이라는 거대한 나무를 타고 올라가 모든 걸 집어삼키는 넝쿨이 될 거다.

희우의 눈은 차가웠다.

그의 눈은 더 이상 천호령 회장과 오명성 대통령을 보지 않았다. 지금은 창밖의 서울을 보고 있었다.

서울 한복판에선 시위대와 경찰의 싸움으로 유혈 사태가 일어난다.

또 다른 곳에선 아파트값이 평당 수천이 넘어간다며 난리다.

아직도 판자촌에서 보일러 하나 없이 겨울을 나는 사람이 있다. 그 판자촌마저 언제 쫓겨날지 전전긍긍이다.

울고 웃고 때리고 맞고, 빼앗고 빼앗기는 서울을 내려다보는 희우의 입가에 슬픈 미소가 걸렸다.

그리고 작게 한숨이 흘러나왔다.

희우는 몸을 돌렸다. 그리고 뚜벅뚜벅 걷기 시작했다.

그의 걸음이 멈춘 곳은 김용준 회장의 책상이었다.

책상 위에는 회장 김용준이라는 명패가 보였다.

희우는 그 명패를 물끄러미 바라봤다.

그리고 고개를 저었다.

툭.

명패가 엎어졌다.

회장 김용준이라는 글씨는 이제 보이지 않는다.

엎어진 명패를 바라보는 희우의 눈동자엔 여러 감정이 뒤섞였다. 미안함과 애잔함 그리고 서글픔, 어떻게 할 수 없다는 무력감까지 많은 감정이 섞이고 섞였다.

하지만 잠시였다.

언제 그랬냐는 듯 그의 눈은 차가워졌다.

뚜벅, 뚜벅, 뚜벅.

다시 걸음을 옮기기 시작했다.

끼이이익.

회장실의 문이 열렸다.

희우는 회장실을 벗어나기 전, 다시 한 번 몸을 돌렸다.

그리고 엎어진 명패를 바라봤다.

그의 입가에 걸린 미소는 여전히 슬프다.

희우는 고개를 저었다.

그리고 걸어 나갔다.

탁, 회장실의 문이 닫혔다.

그 시각.

천호령 회장의 서재.

천호령 회장은 핸드폰을 들어 귀에 댔다.

전화를 건 사람은 대통령의 비서였다.

천호령 회장이 말했다.

"그래, 대통령이 뭐래?"

-생각해 보겠답니다.

천호령 회장의 미소가 더욱 짙어졌다.

대통령의 비서가 오명성 대통령에 했던 말. '천호령 회장의 계획을 전부는 아니어도 일정 부분 따라가도 좋을 것 같

어게인
마이라이프
SEASON2

습니다.'라는 그 말.

그것은 천호령 회장의 지시였다.

천호령 회장이 흡족한 미소를 지으며 말했다.

"좋아, 좋아. 잘했어. 옆에서 계속 바람을 넣도록 해."

─알겠습니다.

천호령 회장은 전화를 끊었다.

그의 입가에 빙긋이 미소가 걸려 있었다.

하나하나, 모든 것이 뜻대로 준비되어 가고 있다고 생각했다.

이미 희우가 천호령 회장과 대통령 비서의 관계를 의심해서 오명성 대통령에게 언질을 줬다는 생각은 못 하고 있었다.

천호령 회장의 입가엔 즐거운 미소만 가득했다.

"이제 조만간 조진석이가 잡히고 모든 걸 뒤집어쓰면 게임은 끝나겠어."

하지만 기분 좋은 표정은 잠시였다.

찰나의 순간, 천호령 회장의 이마엔 심줄이 솟아났고 눈은 붉게 충혈되었다.

입에선 거친 숨소리만이 흘러나오고 있었다.

천호령 회장은 떨리는 손으로 책상 서랍을 열었다.

드르르륵.

거칠게 서랍이 열렸다.

천호령 회장의 손이 겨우 약병을 손에 쥐었다.

하지만 손이 파르르르 떨렸다.

뚜껑을 열 수가 없었다.

천호령 회장은 최대한 침착하게 약을 손에 담았다.

그리고 입에 털어 넣었다.

제왕 그룹의 회장이지만 지금의 모습은 그저 노인일 뿐이었다.

그의 입에서 쌔액거리는 힘겨운 숨소리만이 새어 나왔다.

그 숨소리가 점차 안정되었다.

그의 시선이 천천히 달력으로 향했다.

"시간이 없어."

자신의 몸이니 누구보다 확실히 느끼고 있었다.

통증이 잦아지는 시간이 점차 빨라지고 있다.

그 전에 일을 끝내고 싶었다.

그때 똑똑똑, 문을 두들기는 소리가 들렸다.

천호령 회장의 눈은 언제 고통이 있었냐는 듯 다시 차갑게 변했다.

"들어와."

삐걱, 문이 열렸다.

들어온 사람은 천시현이다.

고양이 한 마리를 쳐도 그 상황을 쉽게 잊을 수 없는데 하물며 사람이었다.

하지만 천시현은 단 며칠 사이에 안정을 찾은 것 같았다.

초췌한 표정과 달리 그녀의 눈은 또렷했다.

어게인
마이라이프
SEASON 2

그녀가 천호령 회장의 앞으로 천천히 걸어왔다. 그리고 책상 앞에 서서 말했다.

"아버지, 김석훈을 조사할 수 있나요?"

"김석훈?"

천호령 회장의 눈이 꿈틀거렸다.

천시현이 고개를 끄덕였다.

"아무래도 이번 교통사고, 김석훈이 꾸민 것 같아요."

천호령 회장이 가만히 천시현을 바라봤다. 이유를 말하라는 눈빛이다.

천시현이 고개를 끄덕인 후 입을 열었다.

"전 그날, 김석훈과 술을 마셨어요."

"......!"

"제가 취해서 테이블에서 자고 있을 때, 김석훈은 먼저 갔지요."

천시현은 그날의 상황을 설명했다. 그리고 계속 말했다.

"아무리 생각해도 이상한 점이 있어요. 일정이 있어서 갔다는 사람이 제가 사고가 났을 시점에 계속 전화를 붙들고 있었어요. 김석훈의 성격은 그럴 사람이 아니에요. 전화를 길게 잡고 있는 걸 좋아하는 사람이 아니죠. 그런데 지금 돌이켜 보면 그날은 뭔가를 기다리고 있던 것 같아요."

천호령 회장의 미간이 찌푸려졌다.

천시현이 가볍게 숨을 내뱉은 후 말했다.

"김석훈이 나를 엮은 것 같아요."

다음 날.

천시현이 교통사고를 냈던 일방통행 길에 대통령의 차가 멈춰 섰다.

차에서 오명성 대통령이 내렸다.

아무래도 아들이 사고 난 현장에 오는 건 쉬운 일이 아니었다.

오명성 대통령의 입에서 작게 한숨이 흘렀다.

하지만 희우의 말대로 진실을 찾아야 했다.

오명성 대통령은 주변을 둘러보기 시작했다.

사고가 났던 곳이라고 생각할 수 없을 정도였다. 차가운 바람이 불어오는 걸 제외하면 조용하고 평온했다.

오명성 대통령은 손에 들고 있던 사건의 조사서와 현장을 번갈아 바라봤다.

겨울비가 내려서 중간중간 작게 빙판을 만들어진 것이 보였다. 깨진 유리 조각과 차량의 파편, 사고 조사를 했던 흰색 페인트 등도 보였다. 그리고 사고 날에 만들어진 스키드 마크가 길게 흔적을 남기고 있었다.

오명성 대통령은 스키드 마크를 향해 걸어갔다.

스키드 마크의 흔적은 이 좁은 길에서 차량이 얼마나 빨리 달려왔는지 알려 주고 있었다.

스키드 마크를 보던 오명성 대통령은 작게 한숨을 내쉬었다. 그리고 경호원을 보며 말했다.

"담배 있나?"

경호원이 달려와 담배를 내밀었다.

오명성 대통령이 담배를 입에 물었다. 그의 입에서 뿌연 연기가 흘러나왔다.

최대한 냉정하게 생각하려 했지만 아무래도 자식이 사고 난 현장이다. 담배라도 입에 물고 있지 않으면 침착하긴 어려웠다.

오명성 대통령은 담배 연기를 내뱉으며 다시 주변을 살폈다.

그때 도로 끝에 뭔가가 보였다.

오명성 대통령이 그 무엇인가를 향해 걸어갔다.

손에 든 것은 차량의 파편이었다.

오명성 대통령이 옆에 서 있던 경호실장을 불렀다.

"이리 와 봐."

"네, 대통령님."

경호실장이 다가오자 오명성 대통령은 손에 든 파편을 보였다.

"내가 차는 잘 모르지만 이거 우리나라 자동차의 엠블럼 아닌가? 독일 차는 아니지?"

오명성 대통령이 내민 것은 국산 차 중 가장 고급 차량의 보닛에 달린 엠블럼이었다.

경호실장이 고개를 끄덕였다.

"네, 그런 것 같습니다."

오명성 대통령은 손에 들고 있던 사건 조사서를 들어 확인했다.

분명 그날 사고 차량은 독일 차라고 적혀 있다.

대통령이 물었다.

"이번 사고 말고 최근에 이 자리에서 사고가 또 있었나?"

"확인해 보겠습니다."

차량의 엠블럼을 손에 든 오명성 대통령의 눈이 차갑게 변했다. 희우가 했던 말이 떠오르고 있었다.

─많은 사람들이 똑같이 이야기한다고 해서 그게 꼭 진실인 것은 아닙니다.

동시에 오명성 대통령은 옛말이 생각났다.

신하가 왕에게 물었다.

"한 사람이 시장에 호랑이가 나타났다고 하면 믿겠습니까?"

왕이 대답했다.

"믿지 않는다."

신하가 다시 물었다.

"그러면 두 사람이 똑같이 시장에 호랑이가 나타났다고 하면 믿겠습니까?"

"한번 의심해 보겠다."

신하가 다시 물었다.

"세 사람이 똑같은 소리를 하면 믿겠습니까?"

"믿는다."

왕의 말에 신하가 간곡히 말했다.

"시장에 호랑이가 나타날 수는 없습니다."

오명성 대통령이 입을 꽉 다물었다.

'내 눈을 가렸구나.'

그때 대통령의 핸드폰이 울렸다.

발신 번호는 희우였다.

오명성 대통령이 핸드폰을 들어 올려 귀에 댔다.

ㅡ김희우입니다.

"그래."

ㅡ날씨가 좋다 해도 주변에 얼음이 언 곳이 있으니 걸을 때 조심하세요. 잘못 넘어지면 큰일 납니다.

"걱정 고맙군."

오명성 대통령은 대답하면서도 눈동자로는 주변을 훑었다.

앞에서 보고 있듯 말을 하고 있으니 혹시나 정말 어디선가 보고 있는 건 아닌지 찾는 거다.

하지만 보이는 것은 아무것도 없었다.

하긴 당연한 일이다.

이곳은 일방통행 길이었다.

게다가 대통령이 있는 곳이다.

앞뒤로 그리고 사방으로 대통령 경호실이 차단하고 있으니 희우가 예고 없이 나타날 수는 없었다.

희우가 다시 물었다.

─힌트가 될 만한 걸 찾았습니까?

오명성 대통령이 무거운 목소리로 답했다.

"아니."

그렇게 말하면서도 손에는 자동차의 엠블럼을 들고 있었다.

오명성 대통령이 엠블럼을 빙글 돌리며 입을 열었다.

"이곳에서 무슨 단서를 찾으라는 거지?"

오명성 대통령은 자신이 손에 들고 있는 자동차의 엠블럼을 희우가 가져다 뒀을 수도 있을 거라는 생각을 순간적으로 했다.

목적은 모르지만 김희우라는 인물이라면 그 정도의 계략은 세울 수 있는 사람이라고 믿고 있었다.

그래서 일부러 엠블럼을 찾지 못한 척 이야기한 것이다.

희우가 입을 열었다.

─아드님을 사고를 낸 차량은 현재 경찰이 가지고 있습니다. 그 차는 독일제 중형차입니다.

오명성 대통령의 눈은 다시 손에 들고 있는 엠블럼으로 향했다.

'역시 김희우 네놈이 꾸민 일인가?'

오명성 대통령이 희우의 목소리에 귀를 기울였다.

"계속 이야기해 봐."

ㅡ제가 말씀드렸죠? 현장에 제가 있었다고요. 누가 제 존재를 지운 것인지는 모르지만 사건을 은폐하고 있습니다.

"난 자네의 말도 믿지 않을 거야. 그러니까 걱정하지 말고 하고 싶은 말이나 했으면 좋겠는데."

희우가 말을 끌자 오명성 대통령은 어서 이야기하라고 제촉했다.

희우가 피식 웃으며 말했다.

ㅡ스키드 마크를 보면 많은 것을 알 수 있다고 합니다. 새겨진 길이를 통해 속도를 유추할 수도 있고, 심지어 타이어의 종류까지 알 수 있다고 합니다. 그러니 타이어의 굵기는 더 쉽게 알 수 있겠죠?

"무슨 말을 하고 싶은 거지?"

ㅡ제가 기억하기론 당시 현장에 있던 독일 차량의 타이어론 그 정도의 굵기를 만들어 낼 수 없었습니다.

"……!"

ㅡ우선 사고를 낸 사람이 있고 그 사고를 조진석에게 뒤집어씌우려고 합니다. 왜 뒤집어씌우려 할까요? 어떤 목적이 있어서 그런 걸까요? 조금만 생각하면 답이 나올 것 같은데요.

희우의 말에 오명성 대통령의 눈동자가 떨려 왔다.

오명성 대통령의 분노를 이용하려는 사람은 단 한 명밖에 없었다.

범인이 조진석이라고 짚어 준 사람도 바로 그 사람이었다.

그는 희우와의 전화를 천천히 끊었다. 그리고 입을 꽉 다물었다.

'천호령 회장?'

오명성 대통령의 주먹이 꽉 쥐였다.

천호령 회장의 뜻대로 움직이라고 조언한 사람은 바로 비서실장이다.

모든 게 다 연결된 것 같았다.

오명성 대통령의 눈에 시뻘겋게 분노가 차올랐다.

'김희우의 말은 진실이야?'

이게 모두 희우의 머릿속에서 교묘히 조작된 거라면?

오명성 대통령은 무엇을 판단해야 할지 감이 잡히지 않았다.

그의 눈동자가 주변을 살폈다.

보이는 사람은 경호실장이다.

그는 지금 경호실장조차 믿을 수가 없었다.

그 시각, 희우의 의원 사무실.

희우가 핸드폰을 책상에 내려 두며 자리에서 일어섰다. 그리고 말했다.

"불신의 씨앗은 뿌렸어. 대통령은 제왕 그룹을 상대로 싸움을 걸 거야. 천호령 회장은 끝까지 발뺌하겠지?"

희우의 앞에는 소파에 앉아 있는 상만이 보였다.

상만이 머리를 긁적이며 물었다.

"그런데 대통령하고 천호령 회장하고 끝까지 싸우지는 않을걸요? 얽혀 있는 게 많잖아요?"

희우가 슬쩍 웃으며 답했다.

"죽자고 싸우지는 않겠지. 서로 잃을 게 많은 사람들이니까. 하지만 내가 원하는 건 상처를 입히고 아픈 상처에 소금을 뿌리고 서로를 헐뜯는 거. 죽이지는 못하더라도 상처 입고 입히는 싸움."

"가능할까요?"

희우가 고개를 끄덕였다.

"할 거야. 그렇게 만들 거고. 그래야 우리가 이길 수 있어."

"……"

"한창 싸우던 사람이라 해도 공동의 적이 나타나면 손잡기 마련이야."

"싸우던 사람은 천호령 회장과 대통령이고, 두 사람의 공동의 적은 사장님인가요?"

"응, 맞아. 그런데 아무리 나라 해도 저 두 사람이 손잡고 있으면 이길 수 없어. 그래서 싸우게 하는 거야."

상만이 이해되지 않는다는 표정으로 희우를 바라봤다.

"방금 싸우다가도 공동의 적이 나오면 손잡는다고 하지 않
았어요?"

희우의 입가에 걸린 미소가 짙어졌다.

"싸움의 주제가 자식이야. 애들 싸움이 어른 싸움 된다고
했어. 이번엔 어른 싸움이 노인들의 싸움이 되는 거야."

희우의 입가엔 잔인한 미소가 걸리고 있었다.

그의 미소를 보며 상만은 고개를 저었다.

"전 머리가 나빠서 그런지 사장님이 하는 말은 이해하기
어려워요."

희우가 피식 웃었다.

그리고 상만이 앉은 소파의 맞은편에 앉으며 말했다.

"넌 안에서 흔들어 주기만 하면 돼. 천호령 회장은 욕심
많은 노인네라 두 마리 토끼를 다 잡으려 할 테니까."

"넵. 제가 하는 건 시선 분산이죠?"

상만이 기분 좋게 미소 지으며 가방에서 서류를 꺼내 들었
다. 그리고 말했다.

"제왕 화학 임원들은 계열 분리를 환영하는 눈치예요."

"좋아. 기회를 놓치지 마. 천호령 회장이 대통령과 싸우게
된다면 제왕 그룹은 크게 흔들릴 거야. 선제공격은 대통령이
할 거니까."

상만이 고개를 끄덕였다.

어게인
마이라이프
SEASON2

희우가 계속 말했다.

"오명성 대통령은 가진 모든 힘을 이용해서 제왕 그룹을 압박하려 하겠지? 검찰을 움직이려 할 거야. 하지만 천호령 회장 역시 쉽게 당하진 않아. 그 동안 돈을 주고 심어 둔 의원들을 이용해서 대통령의 행동에 정면으로 부딪힐 거야."

상만이 침을 꿀꺽 삼켰다.

두 거인의 싸움은 상상만 해도 대단했다.

희우가 계속 말했다.

"천호령 회장은 언론을 이용해 여론도 선동할 거야. 해외에 있는 인맥을 이용해 국내 압박 카드도 꺼내겠지. 하지만 밀릴 거야."

"천호령 회장이 밀린다고요?"

희우가 고개를 끄덕였다.

"내가 오명성 대통령을 도울 거고, 네가 내부에서 그룹을 흔들 거니까. 궁지에 몰린 천호령 회장은 최후의 순간엔 숨겨 둔 카드를 꺼낼 수밖에 없어."

"숨겨 둔 카드요?"

희우가 고개를 끄덕였다.

그것은 USB다.

희우가 계속 말했다.

"여기까지 오기 전에 넌 탐욕스럽게 제왕 그룹을 먹어 치워야 해. 천호령 회장이 대통령과의 싸움에 신경 쓰는 동안

끌어당길 수 있는 모든 돈을 이용해서, 잡을 수 있는 모든 손을 다 잡아서 제왕 그룹을 손에 넣어."

상만이 침을 꿀꺽 삼켰다.

희우가 슬쩍 웃으며 말했다.

"임원들이 천호령 회장에게 달려가서 '박상만이가 배신한대요. 지금 반란을 일으키고 있어요!'라고 일러바쳐도 신경 쓰지 말고 움직여. 천호령 회장은 네게 신경 쓰지 못할 거니까."

상만이 황당한 눈으로 희우를 바라봤다.

"정말 천호령 회장이 제게 신경 안 쓸까요? 안에서 온갖 망나니 짓을 다 하고 다녀도요?"

"응, 못 써."

"그럼 복도에 오줌 싸고 다녀도 신경을 안 쓸까요?"

희우가 한숨을 내쉬었다.

상만은 항상 잘나가다가 이상한 말을 하는 게 특기였다.

희우가 말했다.

"그럼 천호령 회장이 아니라, 성희롱이나 노출 같은 걸로 민수 선배랑 검찰에서 만날 수도 있겠지?"

상만은 이해했는지 고개를 끄덕거렸다. 그리고 물었다.

"그럼 그다음은요?"

"……."

"그다음은 어떻게 하실 생각이에요? 제가 사장님 계획대로 역경을 이겨 나가고 제왕 그룹의 많은 부분을 손에 쥐었다고 쳐요. 그런데 제가 단기적으로 회사를 맡을 순 있지만 장기적으로 운영할 능력이 없다는 건 아시잖아요?"

상만이 일류 대학 경영학과를 우수한 성적으로 졸업했다고 하지만 그게 사회에서 통할 수는 없었다.

상만이 운영해 본 회사는 작은 부동산 회사가 전부였다.

대기업을 오랫동안 손에 넣고 운영을 하기엔 어려웠다.

희우가 슬쩍 웃으며 말했다.

"몇 가지 생각해 두고 있긴 한데."

"어떤 거요?"

희우가 고개를 저었다.

"지금은 이기는 것만 생각해. 그다음까지 생각하지 마. 이기고 이야기해. 사실 내가 너한테 제왕 그룹 다 먹으라고 말을 했지만 너 진짜 다 먹을 수 있어?"

상만이 능글맞게 웃으며 고개를 저었다.

"아뇨. 진짜 많아야 한두 개가 전부겠죠?"

상만이 할 일은 회사 전체를 꿀꺽할 것처럼 움직여 내부에서 천호령 회장의 정신을 빼 놓는 것이었다.

상만이 자리에서 일어서며 말했다.

"그런데 제왕 그룹은 그렇다 치고 천하 그룹은 어떻게 할 거예요?"

"……."

"김용준 회장이 실형을 살 건 사실이 되는 것 같은데, 김자혁 대표로는 조금 약하잖아요?"

희우가 고개를 끄덕였다.

상만이 머리를 긁적이며 말을 이었다.

"죄송한 말씀이지만 형수님이 천하 그룹을 맡을 순 없나요?"

"……?"

희우가 의문으로 가득한 눈빛으로 상만을 바라봤다.

상만이 미안한 표정으로 웃었다.

그 역시 희우의 아내가 어떤 마음으로 경영에서 손을 뗐는지 알기 때문이다.

희우가 물었다.

"네가 내 아내를 천하 그룹 회장에 올리는 걸 원하는 이유는 뭐야?"

상만이 희우에게 시선을 향했다.

상만의 얼굴에 장난기는 보이지 않았다.

"진짜 솔직히 이야기해요?"

"응. 언제는 안 솔직했어?"

"전 사실 재벌 회장 시스템을 좋아하지 않아요. 그런데 안 좋아하는 거지, 장점이 있다는 걸 부정하지는 또 않아요. 강력한 회장이 있다면 재벌 시스템은 계열사끼리 밀어주고 빼주고 어쩌고 하면서 빛을 낼 수도 있으니까요."

"그래서?"

상만이 작게 한숨을 내쉬고 말했다.

"김희아 형수님은 선대 회장님인 김건영 회장님보다 몇 수위 같아요. 옛날에 잠깐 회장 자리에 앉았을 때 지표를 보면 꽤 좋았거든요. 그래서 형수님껜 죄송하지만 국가와 민족을 위해 회장에 앉으심이 어떨까 생각했습니다."

희우가 한숨을 내쉬었다. 그리고 상만을 보며 물었다.

"상만아, 내가 이건 꼭 물어보고 싶었어."

"뭔데요?"

"아내는 형수님인데 나는 왜 사장님이냐?"

상만이 다시 능글맞게 웃었다.

"사장님처럼 생겼어요. 흐흐흐."

그날 저녁.

천시현이 술을 마시던 바.

그 바의 문이 열렸다.

아직은 영업하기엔 이른 시간이었다.

컵을 정리하고 있던 바텐더가 얼굴에 영업용 미소를 그리며 누군가 들어온 문을 향해 시선을 옮겼다. 그리고 친절한 목소리로 말했다.

"아직 영업시간 되려면 조금 있어야 하는데요."

하지만 들어온 사람은 아랑곳하지 않고 주변을 살폈다.

그는 조진석 조직의 3인자였던 신지혁이었다.

그가 천호령 회장의 명령을 받고 김석훈을 조사하기 위해 바에 찾아왔다.

조진석 조직의 3인자였던 신지혁은 다시 주변을 살폈다.

바텐더를 제외하고 아무도 없었다.

신지혁은 입에 담배를 물었다.

바텐더가 다시 말했다.

"손님, 죄송합니다만 아직 영업시간이 아니라서요."

하지만 신지혁은 아랑곳하지 않고 라이터에 불을 켰다. 담배에 불이 붙으며 회색 연기가 흘러나왔다.

그때 바의 문이 열렸다.

안으로 검은 양복을 입은 남자들이 안으로 우루루 들어섰다.

덩치가 크고 험상궂은 남자들의 등장에 내부의 공기가 싸늘하게 바뀌는 건 얼마 걸리지 않았다.

바텐더의 얼굴은 겁에 질려 딱딱해지고 있었다.

그때 '탁' 하고 문이 닫히는 소리가 들렸다.

누군가 문을 닫은 거다.

문이 닫히면 심리적으로 더 압박을 받는다.

바텐더는 이곳에 혼자 있다는 사실에 더욱 겁에 질려 가고 있었다.

신지혁이 바텐더의 앞으로 다가갔다.

그리고 품에서 핸드폰을 꺼내 화면을 보였다.

화면엔 김석훈 의원의 사진이 있었다.

신지혁이 말했다.

"알지?"

바텐더가 고개를 끄덕였다.

"자, 자주 오시는 손님입니다."

"같이 오는 여자도 있지?"

"네? 네."

"지난 며칠간 특이한 일이 있었다면 이야기해 봐. 하나도 빼놓지 말고 이야기해야 할 거야."

신지혁의 말이 끝나자 뒤에 있던 남자가 양복 상의를 살짝 들춰 보였다.

그 안으로 번쩍이는 쇠붙이가 보였다.

신지혁의 시선이 다시 바텐더에게 향했다.

"우린 질 낮은 협박은 하지 않아."

바텐더가 멍한 눈동자로 고개를 끄덕였다.

신지혁이 다시 말했다.

"진실을 이야기할 수 있겠어?"

"네, 네. 얼마 전에 돈을 줬어요."

"돈?"

"네, 항상 같이 오던 여자 손님을 11시였나, 그쯤 깨워 달라고 돈을 주고 갔어요."

신지혁의 눈이 작게 떠졌다.

"11시라고?"

"네, 11시에요. 그 외엔 잘 몰라요. 자주 오기는 하는데, 워낙 조용한 분이라 그냥 술만 먹고 가시거든요."

바텐더는 금방이라도 눈물을 쏟을 것 같은 표정이었다.

신지혁이 슬쩍 웃으며 바텐더의 어깨를 툭툭 쳤다.

신지혁은 웃으면서 친 건데 바텐더는 소스라치게 놀랐다. 많이 겁에 질려 있기 때문이다.

"정말이에요. 그 외엔 정말 잘 몰라요."

신지혁이 피식 웃었다.

"알았어. 네 말 믿어. 그러니까 우리가 찾아왔다는 건 아무도 몰라야 할 거야. 이것도 믿어도 되는 거지?"

바텐더가 고개를 끄덕거렸다.

"알겠습니다. 정말 아무한테도 이야기하지 않을게요. 믿어 주세요."

신지혁은 바텐더의 어깨를 툭툭 쳤다.

천호령 회장의 집 서재.

천호령 회장은 창밖을 보고 있었다.

그의 눈에 천시현의 자동차가 집을 벗어나는 게 보였다.

천호령 회장의 입에서 무거운 한숨이 흘러나왔다.

방금 전, 신지혁에게 전화가 걸려 왔다.

─회장님, 김석훈이 바텐더에게 돈을 줬답니다. 그리고 천
시현 아가씨를 사고 시간에 맞춰 깨워 달라는 부탁을 했다고
합니다.

천호령 회장은 그 이야기를 천시현에게 전했다.

이야기를 들은 천시현은 김석훈을 만나러 가겠다며 바로
자리를 떠났다.

그게 지금이었다.

천호령 회장은 멀어지는 차량의 불빛을 보며 무거운 한숨
을 내쉬었다.

그리고 완전히 차량의 불빛이 사라졌을 때, 천호령 회장은
몸을 돌려 책상으로 걸어와 앉았다.

대통령부터 해서 큰 그림은 완성되는 것 같았다.

하지만 세부적인 일은 천시현의 교통사고부터 천유성 대
표의 적대적인 행동까지 계속해서 어긋나고 있었다.

천호령 회장이 고개를 저었다.

무엇부터 잘못되었는지 알 수 없었다.

그의 머릿속에 첫째 천지용이 구속되던 순간이 떠올랐다.

'그래, 그때야.'

천지용, 천유성, 천하민, 세 명의 형제가 나란히 경쟁하고

있을 때는 누구 하나 튀어 오르지 않았다.

마치 세발자전거처럼 균형을 잡고 목표를 향해 달려갔다.

하지만 천지용이 감옥에 가며 상황이 바뀌었다.

천유성과 천하민, 두 사람은 어느 한쪽이 무너지면 바로 후계에 오른다는 것을 너무나 잘 알았다.

두 사람은 싸웠다.

그 결과가 지금이다.

김희우 및 외부의 힘도 있었지만 두 형제가 서로 싸웠기 때문에 벌어진 일이다.

천호령 회장의 손가락이 톡톡, 책상을 두들겼다.

'이제 그만 후계를 정해서 중심을 잡아야 하는가?'

천하민이 구속 직전 상황이다.

다시 3인 체제의 경쟁 구도로 만들긴 어려웠다.

천호령 회장이 고개를 끄덕였다.

'그래, 시간이 왔어.'

오명성 대통령만 뜻대로 움직여 준다면 이제 후계에게 그룹의 일을 맡겨야 한다. 천호령 회장은 오명성 대통령과 더 큰 그림을 그려야 하기 때문이다.

원래 그게 계획이었다.

여기까지 생각한 천호령 회장의 입에선 다시금 깊은 한숨이 흘러나왔다.

후계 자리에 남은 사람은 천유성 대표다.

하지만 아무리 생각해도 천유성 대표는 회장 자리에 어울리지 않았다.

천유성 대표의 성격은 성급했고 잔혹하기 때문이다.

천호령 회장의 입에선 한숨만 나오고 있었다.

그 시각.

어두운 도로에 자동차의 라이트가 길게 이어졌다.

천시현이 탄 차량이었다.

그녀는 엑셀을 꾹 밟았다.

차량이 더 속도를 올려 도로를 달렸다.

차 안에서는 쿵쾅쿵쾅 시끄러운 음악이 채우고 있었다.

그녀가 담배를 물었다.

붉은 입술에서 회색 연기가 흘러나왔다.

차량의 창문을 열고 바람을 느끼며 담뱃재를 털었다.

창문이 열리자 쿵쾅쿵쾅 음악 소리가 밖으로 새어 나갔다.

그녀가 음악을 끄고 전화를 들었다.

전화가 향하는 곳은 김석훈이었다.

"천시현이에요."

-오랜만이야.

"지금 어디죠?"

─집이야.

"그쪽으로 갈게요."

─또 운전하면서 전화하고 있나?

"……!"

─운전하면서 전화하는 건 위험하다는 걸 잊은 거야?

천시현의 붉은 입술이 뒤틀렸다.

그녀의 눈에 살기가 가득해졌다.

앞에 김석훈이 있다면 지금 당장 갈기갈기 찢어 씹어도 모자라다는 표정이다.

천시현이 입을 열었다.

"그쪽이 나를 엮었어?"

─난 그런 적 없어. 자네 스스로 사고를 낸 거지.

"이유가 뭐지? 난 그쪽한테 꽤 잘해 줬다고 생각했는데."

그녀의 말에 김석훈의 목소리가 싸늘하게 흘러나왔다.

─이유? 넌 건드리지 말아야 할 것을 건드렸어.

"건드리지 말아야 할 것?"

─숨겨 뒀던 자식이라 해도 자식은 자식이야. 자식을 가져 보지 않은 자네가 알 수 없겠지만 어느 부모든 자신의 자식이 당하면 가만히 있을 사람은 없어.

천시현의 입가에 어이없다는 미소가 걸렸다.

"하! 지금 그 말은 나를 엮었다는 걸 시인하는 건가? 미쳤어? 죽여 버릴 거야!"

천시현은 흥분하기 시작했다.

그녀의 입에서 앞뒤가 맞지 않는 말이 흘러나오고 있었다.

하지만 김석훈은 그녀와 달랐다.

그는 여유 있는 목소리로 입을 열었다.

ㅡ아, 미안. 내가 방금 거짓말한 게 있어. 혹시 우리 집으로 오는 거라면 쓸데없는 걸음 하지 말고 돌아가도록 해. 난 집에 없으니까.

그녀가 고개를 저었다.

"이봐요, 김석훈 씨. 내가 지금 이거 녹음하고 있을 거라는 생각은 안 해요? 내가 이걸……!"

김석훈의 웃음소리가 흘러나왔다.

ㅡ크크크크크.

"왜 웃어!"

ㅡ아, 미안, 미안. 옛날부터 생각해 왔는데, 정말 멍청한 것 같아서. 내 목소리를 녹음했다고? 그래, 그걸 뿌리면 살인범이라는 걸 사방에 공표하는 게 되는 거야. 그런데 내가 한 말에 증거로 쓰일 만한 게 있는 것 같아? 미안한데 없어.

천시현은 입을 열지 못했다.

입을 꽉 닫고 핸드폰을 쥔 손을 파르르르 떨 뿐이다.

수화기에서 김석훈의 목소리가 계속 나왔다.

ㅡ그런데 자네의 말대로 내가 그 사건을 기획했다고 생각해 보지. 내가 만약 사건의 기획자라면, 난 자네가 사고를 일

으킬 때 그 장면을 녹화할 수 있는 장치를 어떻게든 해 뒀을 거야. 그래야 나중에 이용할 수 있겠지.

그 말에 '끼이이이이익!' 하고 차량이 멈춰 세워졌다.

천시현이 말했다.

"지금, 무슨 말이야? 설마 녹화했다는 거야?"

－아냐. 내가 기획했다면 녹화했을 거라는 가정을 이야기하는 거야. 그리고 자네에게 이렇게 말했겠지, 당황하는 모습이 아주 잘 찍혔다고.

"지금 그게 무슨 말이냐고!"

－자네의 아버지 천호령 회장. 다른 사람들은 냉혈한이라 말하지만 난 그렇게 생각하지 않아. 누구보다 자식들을 사랑하는 마음이 크신 양반이지. 하지만 욕심이 너무 과했어.

"너 어디야!"

뚝.

전화가 끊겼다.

천시현의 손에 들린 핸드폰이 부르르 떨려 왔다.

그 시각.

김석훈은 한 병실 앞 복도에 서 있었다.

그는 전화를 양복 주머니에 집어넣었다.

그리고 시선을 앞으로 향했다.

병실의 문이 살짝 열려 있었다.

김석훈이 한 발 앞으로 움직였다.

그리고 문틈 사이로 병실 안을 바라봤다.

의식을 잃은 채 눈을 뜨지 않는 여자가 보였다.

그녀의 이름은 손진하. 천시현과 대통령 아들에 의해 교통사고가 난 여자였다.

김석훈의 시선이 그녀가 누워 있는 침대 옆으로 향했다.

머리가 희끗희끗한 할머니가 손녀의 손을 잡고 기도하고 있었다.

김석훈의 입에서 한숨이 흘러나왔다.

사고가 난 여성은 아직도 의식을 찾지 못하고 있는데, 천시현은 벌써 사고의 현장을 잊었는지 운전을 하며 전화하고 있었다.

냉혈한이라고 알려진 김석훈도 미안한 마음이 있는데, 천시현은 사람이 다친 걸 하찮게 생각하는 모양이었다.

김석훈은 고개를 저었다.

그리고 문을 열고 병실 안으로 들어갔다.

할머니는 김석훈이 왔다는 것도 모른 채 두 손을 모아 기도하고 있었다.

"하나밖에 없는 손녀입니다. 평생 힘들게만 살아왔어요. 이 늙은 몸을 데려가도 좋으니 진하만은 살려 주세요."

할머니의 목소리는 간절했다.

물끄러미 할머니를 보던 김석훈이 입을 열었다.

"안녕하세요."

낯선 목소리에 할머니는 기도하던 손을 풀고 고개를 돌렸다.

김석훈이 보였다.

"누, 누구십니까?"

할머니의 질문에 김석훈은 바로 대답하지 않았다.

가만히 할머니를 바라볼 뿐이었다.

조금 전까지 울고 있었는지 할머니의 눈은 붉었다.

제대로 못 먹었는지 주름진 얼굴이 수척했다.

김석훈이 할머니를 향해 살짝 고개를 숙였다.

"김석훈 의원이라고 합니다."

"의원요?"

김석훈이 고개를 끄덕였다.

"손진하 양이 이번에 저희 의원 사무실에서 큰 장학금을 받기로 되어 있었습니다."

할머니는 눈을 깜빡였다.

김석훈이 통장을 건넸다.

"비밀번호는 손진하 양의 생일입니다."

할머니는 통장을 확인했다. 그리고 눈을 크게 떴다.

"아이고, 이렇게 많은 돈은 필요 없어요. 병원비도 김희우 의원이 다 내줘서 괜찮아요."

김석훈은 노인이 내미는 통장을 다시 밀어 넣으며 말했다.

"손진하 양의 장학금입니다. 나중에 손진하 양이 깨어나면 하고 싶은 공부를 할 수 있게 해 주세요."

하고 싶은 공부라는 말에 할머니의 동작이 멎었다. 그리고 다시 뚝뚝 눈물을 흘리기 시작했다.

"흑흑, 흑……. 꿈이 많은 아이예요. 억척스럽게 살았지만 하고 싶은 게 많아요. 꼭 이뤘으면 좋겠어요."

김석훈이 할머니를 향해 고개를 숙였다.

"죄송합니다."

천호령 회장의 서재.

집안을 총관리하는 관리인이 천호령 회장의 앞에 서 있었다. 그가 천호령 회장에게 고개를 숙이며 말했다.

"아가씨가 화를 내면서 들어오셨습니다."

천시현에 대한 이야기였다.

김석훈을 만나러 간다며 나갔던 천시현이 화를 이기지 못하고 들어온 거다.

천호령 회장이 고개를 끄덕였다.

"알았어. 그만 가서 쉬도록 해."

관리인은 천호령 회장에게 살짝 고개를 숙인 후 자리를 떠났다.

천호령 회장의 입에서 한숨이 흘렀다.

'김석훈에게 당하고 온 모양이야.'

천호령 회장이 자리에서 일어나 창밖을 바라봤다.

그녀가 나갈 때부터 느끼고 있던 점이 있었다.

천시현부터 천유성까지 주변의 일이 계속 꼬이고 있다는 점이었다.

그러고 보니 경찰 발표는 물론이고 어느 뉴스에서도 조진석이 대통령 아들을 친 범인이라는 게 나오지 않았다.

천호령 회장의 눈빛이 꿈틀거렸다.

"설마, 큰 그림도 흔들리는 건가?"

그는 순간 등줄기에 소름이 끼치는 걸 느꼈다.

그러고 보니 뭔가 이상했다.

톱니바퀴가 맞물린 것처럼 돌아가야 할 상황이 여기저기 삐걱대고 있었다.

천호령 회장이 핸드폰을 들었다.

그의 전화가 향하는 곳은 오명성 대통령의 비서였다.

—네, 회장님.

"대통령의 동향은 어떻지? 왜 조진석에 대한 걸 발표하지 않는 거야? 왜, 시위대를 상대로 강한 진압을 하지 않는 거지? 아들에 대한 입장 발표는?"

—요즘 정해진 스케줄만 소화하시고 다른 업무를 보지 않

으십니다. 아들의 의식이 돌아오지 않는 게 충격이신 모양입니다. 지켜보다가 일이 있다면 연락드리겠습니다.

"그래, 아직 아들이 깨어나지 않았지? 그래그래."

천호령 회장은 전화를 끊었다.

하지만 불안함은 사라지지 않았다.

천호령 회장이 입을 꽉 다물었다.

비서만 믿고 있을 수는 없었다. 돈을 주고 손잡고 있을 뿐, 언제든 반대에 설지도 모르는 사람이다.

'불안하면 직접 해결해야지.'

그게 천호령 회장의 성격이었다.

며칠 후.

천호령 회장이 탄 차량이 교도소 앞에서 멈췄다.

기사가 내려 차량의 문을 열고 고개를 숙인다.

천호령 회장은 차가운 표정으로 교도소를 향해 걸어갔다.

잠시 후, 천호령 회장은 변호사 접견실에 앉아 있었다.

문이 열리고 첫째 아들 천지용이 나타났다.

천지용은 책상 앞으로 다가와 천호령 회장을 향해 가볍게 고개를 숙였다.

천지용의 눈빛엔 감정이 느껴지지 않았다.

"앉아."

천호령 회장의 말에 천지용은 천천히 의자를 빼내 맞은편에 앉았다.

두 사람 사이엔 어떤 말도 없었다.

무거운 침묵만 흐를 뿐이다.

먼저 입을 연 것은 천호령 회장이었다.

"지내는 건 어때?"

천지용이 고개를 끄덕였다.

"나쁘지 않습니다."

여전히 그는 무심한 표정이었다.

그리고 천호령 회장의 표정은 처음부터 지금까지 차가웠다.

천호령 회장이 말했다.

"다음 설에 특사로서 나올 거야."

천지용의 눈이 크게 떠졌다.

지금껏 감정이 실리지 않은 눈빛이었지만 특사라는 말에는 흔들릴 수밖에 없었다.

천지용이 가만히 천호령 회장을 바라봤다.

바라지도 않았지만 면회 한 번 오지 않던 아버지다.

그런데 뜬금없이 찾아와 특사로 빼준다는 말을 하니 놀랍기보다는 의구심만 가득했다.

잠시 생각하던 천지용이 입을 열었다.

"질문이 있습니다."

"해 봐."

"천하민이가 들어온다고 들었습니다."

"그럴 거야. 보는 시선이 너무 많아서 막기는 힘들 것 같아."

"그럼 유성이만 남겠네요."

천호령 회장의 천지용의 눈을 가만히 바라봤다.

그러다 고개를 끄덕거렸다.

천유성만 남는다는 걸 인정하는 거다.

그러자 천지용이 다시 물었다.

"저를 빼내서 또 대결 구도를 만드실 생각입니까? 서로 균형을 맞춰 회장 자리를 공고히 하시려고요?"

천호령 회장의 입가에 희미한 미소가 걸렸다.

그가 고개를 저은 후 말했다.

"아니, 아니야. 후계는 정했어."

"……!"

"후계는 너야, 지용아. 유성이는 조만간 하민이와 함께 감옥에 오게 될 거야. 서로 외로울 수도 있으니 교도소는 같은 곳으로 정해 줘야겠지."

천지용의 눈이 꿈틀거렸다.

천호령 회장의 입가엔 잔잔한 미소만 걸려 있었다.

천호령 회장이 다시 말했다.

"다시 말하지만 후계는 너야. 다음 회장은 너다, 지용아. 다른 사람은 생각해 본 적도 없어."

천호령 회장은 반복해서 후계는 천지용이라고 이야기했다.

천지용 회장은 멍할 뿐이었다.

천호령 회장이 계속 말했다.

"나중에 하민이와 유성이가 출소해서 세상에 나오게 되면 먹고살 만한 작은 계열사나 하나 떼어 주도록 해. 하지만 절대 좋은 걸 주지는 마. 힘이 생기면 다시 자리 욕심이 생기기 마련이니까."

천지용은 침을 꿀꺽 삼켰다.

그는 천호령 회장의 표정 하나, 손가락의 움직임 하나까지 눈에 담으려 노력했다. 도대체 천호령 회장이 무슨 생각을 하는지 파악하기 위해서였다.

하지만 천호령 회장은 가면을 쓴 것 같았다.

천지용은 천호령 회장에게서 어떤 생각도 읽어 낼 수 없었다.

천지용이 크게 숨을 들이마시고 내뱉은 후 입을 열었다.

"아버지, 하나만 여쭤보겠습니다. 아버지는 어떤 걸 목표로 하고 계신 겁니까?"

"……!"

"교도소에 있다 보니 생각할 시간이 참 많았습니다. 밖에서 하루 스물네 시간이 모자라게 일했는데, 여기선 책도 많이 읽었어요."

"무슨 생각을 했지?"

"참 평범한 거죠. 감옥에는 참 무서운 사람도 많이 있습니

다. 그런데 몇몇을 제외하고는 똑같은 게 하나 있어요. 바로
제 자식은 소중하게 생각한다는 겁니다."

천호령 회장의 입가에 걸렸던 미소는 사라졌다.

싸늘하게 천지용을 바라보고 있었다.

천지용이 말했다.

"아버지는 우리를 사랑하지 않았습니다."

"……!"

"그리고 지금껏 단 한 번도 알려 주신 적이 없죠. 도대체
무엇을 꿈꾸고 계신 겁니까?"

천호령 회장이 가만히 천지용을 바라봤다. 그리고 고개를
저으며 자리에서 일어섰다.

"설 특사로 나온 후, 본격적으로 회장 인수에 들어갈 거
야. 바빠질 테니 푹 쉬다 나오도록 해라."

"또 대답은 안 해 주시는 겁니까? 아버지 뜻대로 움직여야
합니까? 아버지, 전 인형이 아니에요."

천호령 회장이 앉아 있는 천지용을 내려다봤다. 그리고 툭
던지듯 말했다.

"넌 앞으로 제왕 그룹을 이끌어 갈 사람이야. 네가 보는 게
그렇다면 그런 거야. 네가 볼 때 내가 너희를 사랑하지 않는다
면 그게 맞는 거야. 네가 볼 때 네가 인형이라면 그런 거야."

"……!"

"지용아, 네가 제왕 그룹의 회장 자리에 앉는다면 난 네가

무슨 말을 해도 믿을 거야."

"······!"

"하지만 지용아, 인형이 된다는 생각은 하지 마라. 넌 세상의 주인이 될 거야."

천지용의 눈이 떨려 왔다.

천호령 회장이 빙긋이 미소를 지었다.

그 시각.

제왕 백화점 천유성 대표는 턱을 괸 채 의자에 비스듬히 앉아 있었다.

그의 앞에 선 비서가 입을 열었다.

"회장님이 오늘 교도소에 찾아가셨다고 합니다. 목적은 천지용 전 본부장님의 면회입니다."

그 말에 천유성 대표가 가진 특유의 뱀눈이 더욱 날카롭게 빛났다.

"아버지가? 아버지가 첫째 형님을 만나고 왔다고?"

"네, 그렇게 들었습니다."

천유성 대표의 눈이 찌푸려졌다.

듣지 않아도 보지 않아도 예상되었다.

일전에 천호령 회장은 천유성 대표를 적처럼 대했다.

'대항마로 첫째 형님을 빼내려고 하나?'

천유성 대표의 입꼬리가 말려 올라갔다.

그는 어이없다는 듯 고개를 저었다.

"아버지가 요즘 많이 힘든가 봐."

"네?"

비서가 놀라서 되물었다.

천유성 대표가 손을 내저으며 말했다.

"아냐. 가서 진규학 의원에게 시간 되면 잠깐 들르라고 전화해."

"알겠습니다."

비서가 꾸벅 고개를 숙이고 몸을 돌렸다.

천유성 대표가 다시 입을 열었다.

"잠깐."

비서가 몸을 돌려 천유성 대표에게 향했다.

"말씀하십시오."

"언론사에 연락해서 기사 하나만 뽑으라고 해. 내용은 특별사면으로 정치인이나 기업인을 빼내는 것은 공정하지 않다는 식이면 좋겠어."

비서가 고개를 숙이고 그 자리를 떠났다.

천유성 대표의 입가엔 비릿한 미소가 걸려 있었다.

그리고 잠시 후.

천유성 대표와 진규학 의원이 마주 앉아 있었다.

진규학 의원이 찻잔을 들며 물었다.

"급하게 찾는다고 들었는데, 무슨 일입니까?"

"아버지가 첫째 형님을 찾아갔다고 합니다."

진규학 의원의 눈이 꿈틀거렸다.

천유성 대표가 말을 이었다.

"아버지는 내가 마음에 안 드는 거예요."

진규학 의원이 고개를 저었다.

"도대체 왜, 아니 제왕 그룹을 이끌어 갈 수 있는 사람이 천유성 대표님 말고 누가 있습니까?"

천유성 대표의 입가에 비릿한 미소가 걸렸다.

"가만히 있다가는 오히려 우리가 아버지에게 당할 것 같습니다."

"……!"

"진규학 의원님이라 해서 안전할 생각은 버리세요. 아시겠지만 아버지는 진규학 의원님과 나를 한통속으로 보니까요."

진규학 의원이 어색하게 웃었다.

"한통속이라뇨?"

천유성 대표가 물끄러미 진규학 의원을 바라봤다.

"그럼 아니었나요?"

진규학 의원은 뭐라 대답할지 몰라 혼란스러웠다.

천유성 대표를 따르자니 천호령 회장이 무섭고, 천호령 회장을 따르기엔 천유성 대표가 부담되었다.

진규학 의원의 마음을 읽었는지 천유성 대표가 말했다.

"걱정 마세요. 진규학 의원이 밖에서 도와주고 안에서 내가 움직인다면 아무리 아버지라 해도 버티기 어려울 겁니다."

진규학 의원이 깊은 한숨을 내쉬었다.

"방법이 있습니까?"

기다렸다는 듯 천유성 대표가 말했다.

"아버지는 제왕 그룹을 키워 내기 위해 많은 죄를 지어 오셨어요. 가볍게는 희귀병에 걸렸던 스물네 살짜리 여자아이가 있네요. 그 아이가 죽었을 때, 그 아이의 아비가 공장 앞에서 자살을 시도했었죠. 하지만 아버지는 모른 척했어요. 스물둘이면 얼마 안 되는 월급 모아서 시집도 가고 알콩달콩 살 꿈 많은 아이였을 텐데, 참 아쉽네요."

천유성 대표가 테이블에 서류 하나를 던졌다.

그 서류엔 한 여성의 사진이 있었다.

천유성 대표가 계속 말했다.

"그 여자아이의 얼굴입니다. 앳되죠? 그 아래에는 아버지가 은폐한 사실들이 적혀 있어요."

진규학 의원의 눈동자는 떨려 오고 있었다.

이 서류만 봐도 알 수 있었다.

천유성 대표는 진심으로 천호령 회장과 싸울 마음이었다.

진규학 의원의 눈에 망설임이 보이자 천유성 대표가 슬쩍 웃으며 말했다.

"진규학 의원님, 그거 알아요? 지금 아버지는 우리를 감옥에 보내기 위해 준비하고 있을 겁니다. 감옥의 창살도 만들고 간수도 준비하고 있을 거예요. 아버지는 내가 잘 압니다."

"……!"

"가만히 있다가 감옥에 가서 주는 밥 잘 먹고 살겠습니까, 아니면 싸우겠습니까?"

진규학 의원의 눈이 떨려 왔다.

천유성 대표가 찻잔을 들며 슬쩍 진규학 의원의 눈빛을 살폈다.

협박해서 겁을 줬다면 이제 희망을 보여 줄 차례였다.

천유성 대표가 말을 이었다.

"진규학 의원님, 대통령 하고 싶다고 하셨죠? 대통령 후보가 희귀병에 걸린 어린 여자를 위해 이런 걸 세상에 알리면 사람들이 좋아하지 않을까요?"

진규학 의원의 시선이 천유성 대표가 내려 둔 서류를 향해 이동했다.

멍하니 서류를 보는 진규학 의원을 향해 천유성 대표가 활짝 미소 지으며 계속 말했다.

"어차피 대통령 선거는 인기투표잖아요? 아버지와 대적하고 인기 좀 얻으세요. 거대 재벌 가문과 싸우는 정의의 진규학 의원, 어때요? 기사의 헤드라인은 제가 걸어 드리겠습니다."

진규학 의원의 입에서 무거운 한숨이 흘렀다.

"정말로 천호령 회장님과 맞서시려는 겁니까?"

천유성 대표가 한심한 눈으로 진규학 의원을 바라봤다.

"진규학 의원님, 지금까지 제가 말한 걸 뭐로 들은 겁니까? 아버지는 이미 우리를 칠 생각을 하고 있어요. 가만히 있다가 목이 떨어져 나가겠습니까, 아니면 먼저 치겠습니까?"

천유성 대표의 날카로운 뱀눈이 진규학 의원을 노려보고 있었다.

진규학 의원이 천천히 고개를 끄덕였다.

"알겠습니다."

잠시 후, 진규학 의원은 차량에 오르고 있었다.

"출발하겠습니다."

차량이 부드럽게 미끄러져 나갔다.

진규학 의원은 창밖만 보고 있었다.

그의 눈빛은 차가웠다.

그가 낮은 목소리로 입을 열었다.

"미쳤어."

아무리 생각해도 아직은 천호령 회장과 상대할 때가 아니었다.

그룹의 각 주요 직책엔 천호령 회장과 함께한 사람들이 있다. 하얗게 센 머리를 가진 노인네들이 천호령 회장을 지키기 위해 그 자리에 있었다.

그들이 천유성 대표의 손을 들어 줄 리는 만무했다.

진규학 의원이 입을 꽉 깨물었다.

'조금만 참으면 되잖아. 어차피 곧 죽을 노인넨데.'

천호령 회장만 세상을 떠난다면 그다음은 문제 될 게 없다.

천지용이 돌아와 회장 자리에 앉는다 해도 일시적일 것이다. 천호령 회장이 없는 세상에서 노인들이 천지용을 계속 밀어줄 리는 없었다.

그럼 천유성 대표의 세상이다.

천유성 대표는 천지용 회장이 감옥에 가 있는 동안 광범위하게 각 계열사마다 사람들을 심어 뒀다. 그리고 차명을 이용하여 보이지 않는 우호 지분을 만들었다.

그러니까 그때까지만 참으면 된다.

그런데 지금 천유성 대표는 그 기간을 참지 못하고 있었다.

수십 년을 기다려 왔으면서 이제 길어야 몇 년을 기다리지 못했다.

물론 진규학 의원은 천호령 회장이 후계의 완성을 위해 천유성 대표마저 감옥에 실제로 집어넣을 계획을 하고 있을 거라는 생각은 못 하고 있었다.

진규학 의원의 시선이 자신의 손으로 움직였다.

그의 손엔 천유성 대표에게 받아 온 서류가 있었다.

진규학 의원이 눈을 꽉 감았다.

"젠장."

그날 밤.

희우는 민수와 일식집에 앉아 있었다.

희우가 젓가락으로 회 한 점을 들어 올리며 말했다.

"오명성 대통령과 천호령 회장이 잡았던 손을 놓을 겁니다."

민수의 눈이 희우를 가만히 바라봤다.

"가능해? 계엄령이니 뭐니, 한배를 탄 거 아니었어?"

희우가 고개를 저었다.

"변수가 생겼어요."

변수란 천시현이 대통령의 아들을 교통사고 낸 사건이다.

희우가 말을 이었다.

"대통령의 아들 교통사고 아시죠? 대통령은 조만간 사건
이 조작되었다는 걸 눈치챌 겁니다. 그동안 눈감아 주셔서
감사해요."

민수의 입꼬리가 말려 올라갔다.

"알고 있었어?"

민수는 천호령 회장의 손에 의해 사건 현장이 조작되고 있
다는 건 알고 있었다.

하지만 모른 척 눈감았다.

그 조작하는 손을 타고 올라가면 뒤에 숨어 웃고 있을 놈을 잡을 수 있을 것 같았기 때문이다.

희우가 말했다.

"대통령하고 천호령 회장하고 물어뜯고 싸울 거예요. 전 그날을 기다리고 있습니다."

민수가 힐끗 희우를 바라봤다. 그리고 툭 던지듯 말했다.

"넌 어때?"

"뭐가요?"

"뒷정리 잘하고 있어?"

희우가 눈을 깜빡이자 민수가 깍지를 끼고 크게 기지개를 켜며 말했다.

"알잖아? 난 언제나 마지막은 널 잡는 게 목표야. 그런데 네가 쉽게 잡히면 되겠어? 지금 저지르는 일 중에 지문 남은 거 있으면 어서 지워. 다음 술래는 너야."

희우가 피식 웃었다.

"힘들걸요?"

민수의 눈이 반짝였다.

"왜? 잘 숨겨서?"

"아뇨. 저 같은 피라미 잡을 시간 없을 겁니다. 계속 큰 놈들이 미끼를 물 텐데 제가 눈에 들어올 것 같아요? 아시겠지만 낚시하다가 치어 잡으면 놔주는 겁니다."

민수는 가만히 희우를 바라봤다.

다른 사람이 이렇게 말했으면 웃고 넘겼을 말이다.

하지만 희우가 한 말이었다.

그냥 웃고 넘기기엔 어려웠다.

"무슨 말이야? 큰놈들이 미끼를 물다니?"

희우가 슬쩍 웃었다.

"제가 대통령과 천호령 회장을 왜 싸우게 했을까요?"

"응? 계엄령인지 뭔지 안 일어나게 하려고 한 거 아냐?"

희우가 고개를 저었다.

"대통령과 천호령 회장이 등을 돌려야 서로 돕지 못할 테니까요."

"……!"

"서로 이게 아니다 싶어서 손잡으려 할 때는 이미 늦었을 겁니다. 지금은 그 준비 과정이에요."

민수는 가만히 희우를 바라볼 뿐이었다.

그러다가 순간 소름 끼치는 느낌을 받았다.

지금 대한민국에서 일어나는 모든 일이 희우의 손바닥 위에서 놀고 있다는 느낌이 들었기 때문이다.

민수가 물었다.

"난 장가갈 수 있겠냐?"

"네?"

민수의 뜬금없는 말에 희우가 눈을 깜빡였다.

민수가 머리를 북북 긁었다.

"갑자기 네가 용한 점쟁이 같아서 물어본 거야, 흘흘흘."

다음 날.

희우는 공사가 중단된 상가로 향하고 있었다.

그곳은 상만이 사 두었다가 투자에 실패한 상가로 일전에 동남아인들과 사건이 있었을 때 잠시 이용했던 곳이다.

희우의 차량이 상가 앞에서 멈췄다.

차에서 내린 희우는 상가의 지하로 내려갔다.

먼저 온 손님이 있었다.

스무 명 가까이 되는 남자들이었다.

희우의 등장에 그들의 눈빛엔 살기가 가득해졌다.

반면에 희우는 슬쩍 미소 지었다.

"오랜만이다."

남자들은 대답하지 않았다.

그저 희우를 노려보고 있을 뿐이었다.

그들은 모두 검은 양복의 부하들이었다.

희우의 시선이 한쪽에서 멈췄다.

일전에 교도소에서 만났던 검은 양복의 부하 오대성이었다.

오대성이 희우의 앞으로 다가왔다.

"원하는 대로 하라는 말만 들었습니다."

오대성이 검은 양복을 찾아가 들은 말이었다.

희우가 슬쩍 웃으며 물었다.

"그래서 결론은?"

"김희우 당신과 손잡고 배불리 먹고사는 돼지가 되고 싶은 마음은 없습니다."

"그럼? 다시 누군가를 때리고 죽이는 백정으로 살겠다는 거야? 그것보다는 배불리 먹고사는 돼지가 낫지 않아?"

"말장난은 하지 마세요. 그리고 우리는 당신을 믿을 수 없습니다."

희우가 피식 웃었다.

"조태섭 때문에? 이봐, 미안한데 난 너희들을 미워하거나 원망하지 않아. 너희는 모두 조태섭의 지시를 따라야만 하는 이유가 있었을 테니까."

하지만 사내들의 시선은 풀어지지 않았다.

설득하려던 희우는 고개를 저었다. 그리고 다시 오대성의 눈을 바라보며 말했다.

"좋아. 그럼 부탁 하나만 하자. 부탁 정도는 들어줄 수 있지?"

부탁이라는 말에 남자들의 눈빛에 의아함이 걸렸다.

희우는 엄연히 그들의 적이다.

그런데 같이 손잡자고 손을 내밀더니 이젠 부탁을 하고 있다. 그들로서는 이해할 수가 없었다.

오대성이 물었다.

"무슨 부탁입니까?"

"저 사람 좀 도와줘."

희우가 자신의 뒤를 손가락으로 가리켰다.

모든 사람들의 시선이 희우의 등 너머로 향했다.

뚜벅뚜벅, 구두 굽 소리가 들렸다.

그리고 조진석이 나타났다.

희우가 말했다.

"한 조직의 우두머리였는데, 2인자한테 배신당하고 3인자한테까지 배신당한 불쌍한 분이야. 너희가 좀 도와줬으면 좋겠어."

"……!"

"답례로 너희가 사용할 사무실을 하나 제공해 주지. 이 정도면 부탁을 들어줄 만하지 않아?"

희우의 시선이 사내들을 둘러봤다. 그리고 말을 이었다.

"우리, 이 정도로 협의 보자. 너희들이 내 밑에 있는 게 아니라 서로 돕고 살면 좋잖아? 그리고 난 너희가 다시 세상에 나와서 백정 짓하고 돌아다닌 건 못 볼 것 같아. 다시 백정 짓 하는 순간에 감옥에 넣어 버릴 거야."

"……!"

"내가 이런 걸로 농담하지 않는 사람이라는 건 알고 있지? 그럼 이쯤에서 그만 튕기고 사무실 줄 테니까 경호 업체 차려서 지내도록 해."

오대성의 시선이 희우를 떠나 자신의 동료들에게 향했다.

동의를 구하는 거다.

모두 살짝 고개를 끄덕이자 오대성의 눈이 다시 희우에게 향했다.

"좋습니다. 우리가 뭘 하면 되겠습니까?"

대답은 조진석이했다.

"나와 함께 내 사무실로 갈 거다. 그리고 그곳에서 USB 하나를 가지고 온다."

천호령 회장이 가지고 있던 USB.

조진석은 자신이 살기 위해 USB를 복사해 뒀었다.

하지만 조진석이 다시 사무실에 들어가 USB를 가지고 오는 건 어려운 일이었다.

천호령 회장이 신지혁에게 조진석이 위조 여권 등을 챙기기 위해 사무실에 나타날 것이니 준비하고 있으라는 지시를 내렸기 때문이다.

조진석의 희우에게 입을 열었다.

"며칠 동안 이 공간을 사용해도 되겠습니까? 아무래도 우리 숫자가 적으니 호흡도 맞춰 보고 몇 가지 예행연습도 필요합니다."

희우가 고개를 끄덕였다.

"좋아요. 그렇게 하세요. 필요한 물건이 있으면 카드를 두고 갈 테니 편하게 사용하도록 하세요."

조진석이 고개를 끄덕였다.

"감사합니다."

희우가 말했다.

"그럼 날짜가 잡히면 연락 주십시오."

조진석이 고개를 숙였다.

"감사합니다."

밖으로 나가던 희우가 몸을 돌려 조진석을 바라봤다.

"아, 여기서 제가 두 명만 쓸 수 있을까요?"

"두 명요?"

희우가 고개를 끄덕였다.

"네, 경호가 필요한 사람이 있어서요."

조진석이 주변에 있는 사람들을 둘러봤다. 그리고 고개를
끄덕였다.

"네, 두 명 정도면 괜찮습니다."

잠시 후.

희우는 한지현의 커피숍에 있었다.

희우의 뒤쪽 테이블에 검은 양복의 부하였던 남자 둘이 앉
아 있는 게 보였다.

남자들을 보던 희우가 시선을 돌려 앞을 바라봤다.

그의 앞에는 김석훈이 앉아 있었다.

희우가 커피를 마시고 테이블에 내려 두며 말했다.

"제 뒤에 있는 두 명, 경호원으로 괜찮을 겁니다."

김석훈이 한숨을 내쉬었다.

"갑자기 찾아와서 뭘 하는 거지?"

희우가 물끄러미 김석훈을 바라봤다. 그리고 말했다.

"저기, 김석훈 의원님. 천시현이죠? 그 때문에 천호령 회장이 못된 생각을 하지 않을까요?"

모든 걸 알고 있다는 희우의 눈빛에 김석훈의 미간이 찌푸려졌다.

희우가 슬쩍 웃으며 말을 이었다.

"그러니까 안전을 위해 함께 다니세요. 조태섭 밑에 있던 애들이라 실력은 믿을 만할 거예요."

김석훈이 한숨을 내쉬며 물었다.

"지금 내 걱정을 하는 건가?"

희우가 고개를 끄덕였다.

"네."

Chapter 2

 김석훈이 고개를 저었다.

 "내 걱정을 한다. 김희우가 내 걱정을 하고 있다."

 희우는 가만히 있었고 김석훈은 천천히 고개를 들었다. 그리고 희우의 눈을 쏘아봤다.

 김석훈의 입꼬리가 말려 올라갔다.

 그가 말했다.

 "김희우가 내 걱정을 하고 있어?"

 김석훈의 입가에 걸린 미소는 비릿했다.

 희우가 고개를 저었다.

 "김석훈 의원님."

 하지만 희우는 말을 이어 가지 못했다.

김석훈이 손을 내저으며 다시 말을 했기 때문이다.

"김희우, 자네 지금 얼마나 건방진 말을 하는 줄 알고 있나? 누가 들으면 내가 자네에게 걱정을 끼치고 다닐 사람으로 보이겠어."

"……."

"그러지 마. 나도 나이를 먹을 만큼 먹은 사람이야. 자네에게 차 조심하라는 이야기를 듣지 않아도 될 나이 같은데."

희우의 입에서 작게 한숨이 흘렀다.

"걱정하는 것도 건방진 말인가요? 그렇게 들렸다면 죄송합니다. 그런데 호기를 부릴 땐 아닌 것 같습니다."

김석훈은 미간을 찌푸리며 커피 잔을 손에 들었다.

희우는 계속 말을 이었다.

"천호령 회장이 김석훈 의원님을 언제 공격할지 모릅니다. 그리고 위기는 항상 대비하는 게 좋은 거 아닙니까? 혹시 비용이 걱정된다면, 경호원 붙인다고 돈을 요구하지 않을 테니 걱정하지 마시고요."

김석훈이 고개를 저으며 커피 잔을 테이블에 내려 뒀다.

"자네의 말은 애초에 말이 되지 않아. 천호령 회장이 나를 공격할 이유가 뭐가 있나?"

희우가 피식 웃었다.

"김석훈 의원님이 대통령 아들을 망가뜨렸다는 건 나도 알고 있는 겁니다. 그런데 천호령 회장이 모르겠습니까? 증거가 없는 것일 뿐, 심증은 확실하잖아요?"

김석훈이 어이없다는 듯 고개를 저었다.

"좋아, 그렇다고 치지. 그럼 다음."

"……?"

"천호령 회장이 국회의원인 나를 공격한다고? 그게 얼마나 위험한 일인지 알고 말하는 건가? 국회의원을 공격한다는 건 국회 전체와 싸우겠다고 말하는 거야. 천호령 회장이 그렇게까지 미련한 짓을 할 양반은 아니야."

희우는 말없이 커피 잔을 손에 들었다.

달그락, 소리가 난다.

희우는 가만히 앞을 바라봤다. 당연하지만 그의 앞에는 김석훈이 있었다.

두 사람의 눈이 마주쳤다.

희우가 그를 보고 비릿한 미소를 지었다.

김석훈의 눈썹이 꿈틀거릴 때, 희우가 말했다.

"대통령의 아들도 사고를 나게끔 설계하시는 분이 천호령 회장을 보면서 미련하지 않을 거라고 장담하는 이유는 뭐죠? 대통령의 아들은 한 명, 국회의원은 삼백 명이네요."

"……!"

"많은 국민들이 자신의 지역에 누가 국회의원으로 있는지도 모르고 살고 있습니다. 국회의원 삼백 명 중에서 한 명 없애는 게 힘들다고 봅니까? 어렵지 않은 일이에요."

"……."

"국회의원이 죽으면 시끄럽긴 하겠죠. 하지만 가십거리 기사일 뿐입니다. 아무 일도 없었다는 듯 지나갈 겁니다."

여기까지 말하고 희우는 잠시 말을 멈췄다.

그리고 커피 잔을 들어 입에 댔다.

희우의 행동만 봤을 땐 무척 여유로운 오후와 같다.

하지만 김석훈은 아니다.

그의 눈은 있는 대로 찌푸려져 있었다.

희우는 시선을 다시 김석훈을 향했다. 그리고 천천히 당연하다는 듯 말했다.

"천호령 회장은 아무렇지 않게 김석훈 의원님을 공격할 수 있습니다."

김석훈의 입가에 걸렸던 미소가 사라졌다.

희우가 말을 이었다.

"그러니까 경호받으세요."

김석훈의 입에서 무거운 한숨이 흘렀다.

"왜 내게 경호원을 배치하려는 거지?"

희우가 어이없다는 듯 고개를 저었다.

"말씀드렸잖아요. 김석훈 의원님의 안전 때문입니다."

김석훈이 커피를 들어 입에 댔다.

바짝 마른 입술을 적시는 거다. 그리고 테이블에 잔을 내려 두며 말했다.

"난 자네를 믿지 못하겠어. 아무리 선의로 하는 행동이라 해도 자네가 하면 모두 어떤 꼼수가 담겨 있을 것 같거든."

"그럼 꼼수가 있다고 믿으세요. 그런데 있다고 해도 지금은 제 도움을 받는 쪽이 좋을 겁니다."

김석훈이 피식 웃었다. 그리고 그가 고개를 끄덕였다.

"좋아. 자네가 이렇게까지 걱정해 준다면 의견을 한번 따라 보도록 하지."

"잘 생각하셨습니다."

그때 김석훈의 핸드폰이 울렸다.

김석훈이 자신의 핸드폰을 들어 발신 번호를 확인했다.

천시현이다.

김석훈의 입꼬리가 말려 올라갔다.

하지만 그는 전화를 받지 않았다.

울리는 벨을 끄며 주머니에 집어넣었을 뿐이다.

희우가 물었다.

"전화 안 받으세요?"

"스팸이야."

가만히 김석훈의 표정을 살피던 희우가 자리에서 일어섰다.

"그럼 저는 이 두 사람을 여기에 두고 먼저 가도록 하겠습니다. 약속이 있어서요."

희우가 고개를 돌리자 뒤 테이블에 두 남자가 앉아 있는 게 보였다.

검은 양복의 부하였던 두 사람이다.

김석훈이 고개를 끄덕였다.

"들어가 봐."

희우는 김석훈에게 살짝 고개 숙여 인사한 후 자리를 떠났다.

김석훈은 그 자리에 가만히 앉아 있었다.

그의 시선이 앞에 앉은 두 남자에게 향했다.

"너희들이 나를 경호할 거라고?"

"네."

남자의 짧은 대답에 김석훈이 고개를 끄덕였다.

"쓸데없는 생각은 하지 말고 경호나 충실히 해 줬으면 좋 겠어."

"쓸데없는 생각요?"

"예를 든다면 너희가 내 일거수일투족을 감시하면서 김희 우에게 보고하는 거지."

"알겠습니다."

남자들의 대답. 김석훈은 그들의 표정을 살폈다.

혹시나 뭔가를 숨기고 있지는 않을지 찾는 것이다.

하지만 김석훈의 행동은 계속되지 못했다.

또다시 김석훈의 핸드폰이 울렸기 때문이다.

발신 번호를 확인하니, 이번에도 천시현이었다.

김석훈의 입가에 잔인한 미소가 걸렸다.

그는 통화 버튼을 누르며 전화기를 천천히 귀에 가져갔다.

어게인
마이라이프
SEASON2

"네, 김석훈입니다."

―천시현이에요.

"그래."

―그, 그 사고 날 동영상 파일, 정말 가지고 있어요?

"아니라고 했잖아. 내가 기획했다면 가지고 있었을 수도 있을 거라고 말한 거야. 난 그 사건을 기획하지 않았고, 당연히 그런 걸 만들어 둔 적이 없어."

천시현의 간절한 목소리가 이어져 나왔다.

―정말요?

"그래, 정말이야. 하지만 또 모르지. 누군가는 가지고 있을 수도 있지. 그게 내 손에 들어올 수도 있고."

능글맞은 김석훈의 목소리에 수화기 너머에서 숨이 멎는 소리가 들려왔다.

―사, 살려 주세요.

김석훈의 입가에 걸린 잔인한 미소가 더 짙어졌다.

기다렸던 말이다.

억세고 자기밖에 모르던 여자의 입에서 살려 달라는 말이 나오고 있었다.

"큭큭큭큭큭."

김석훈의 입에선 웃음소리가 흘러나왔다.

―그 동영상이 공개되면 난 끝이에요.

"크하하하하하하하!"

김석훈의 웃음소리는 크게 터져 나왔다. 커피숍에 있던 사람들이 바라봤지만 그는 아랑곳하지 않았다.

그의 웃음소리가 서서히 멎었다.

그리고 그의 입에서 사악한 목소리가 흘러나왔다.

"천시현, 네가 말했지, 이 세상이 지옥이라고. 아니야. 넌 동화 속에서 살아왔어. 이제 내가 보여 줄게, 동화 속에서 나온 현실이 얼마나 잔인한지."

−살려 주세요! 지금처럼 살고 싶어요! 감옥에 가고 싶지 않아요!

김석훈의 눈동자가 힐끔 앞에 있는 경호원들을 바라봤다.

그는 앞에 있는 그들이 들을 수 없도록 아주 작은 목소리로 말했다.

"한 가지 방법이 있어."

−방법요?

"지난번 자네가 실패한 USB. 천호령 회장의 USB를 내게 가지고 와. 그럼 난 자네에게 그 동영상인지 뭔지를 찾아 주지. 물론, 정말 있다면."

김석훈은 천시현의 목소리를 기다리지 않고 전화를 끊었다.

그날 밤, 집에 앉아 있던 희우는 전화 한 통을 받았다.

"네, 김희웁니다."

-김석훈 의원이 천시현이라는 여자와 통화했습니다.

희우의 입에 슬쩍 미소가 걸렸다.

"그래요?"

-그리고 김석훈 의원이 우리에게 자신의 동향을 김희우 의원님께 보고하지 말라고 하셨습니다.

"그냥 찔러보는 말일 겁니다. 신경 쓰지 마세요. 옆에서 묵묵히 김석훈 의원을 감시하다가 특이한 점을 보고해 주시면 됩니다."

-네, 그리고 그 천시현이라는 사람에게 USB 어쩌고 하는 이야기를 했습니다.

"……!"

희우는 전화를 끊었다.

방금 전화는 오늘 김석훈에게 투입한 경호원에게서 온 전화다.

희우는 손으로 턱을 만지며 생각에 빠졌다.

지금 천호령 회장과 김석훈 그리고 오명성 대통령 등, 판세는 복잡하게 흔들리고 있다. 어느 쪽으로 기울어지는지 흔들리는지 예상하기가 힘들었다.

하지만 그중에서도 가장 파악하기 힘든 상대가 김석훈이었다.

오명성 대통령이나 천호령 회장은 '욕심'이라는 단어로 이야기할 수 있는 명확한 목표가 있기에 그들의 생각을 읽기가 어렵지는 않았다.

하지만 김석훈은 아니다.

그의 목표가 무엇인지 모르니 생각을 가늠할 수 없었다.

이제 김석훈을 파악할 때였다.

희우의 입가에 비릿한 미소가 걸렸다.

'김석훈 의원도 USB를 찾고 있다고?'

며칠이 지났다.

오명성 대통령은 집무실에 앉아 있었다.

그의 책상 위에 서류가 널브러져 있는 게 보였다.

그리고 오명성 대통령이 손에 들고 있는 서류, 거기엔 아들 오제호의 교통사고를 재구성한 내용이 담겨 있었다.

오명성 대통령의 입에서 깊은 한숨이 흘러나왔다.

'땅에 새겨진 스키드마크는 외제 차가 아니라 국산 차라고?'

오명성 대통령의 시선이 다시 손에 들린 서류로 향했다.

서류엔 스키드마크의 흔적과 오제호가 쓰러져 있던 위치를 분석해 봤을 때, 사고 당일 세워져 있던 외제 차가 아니라 국산 차와 추돌했을 가능성이 더 크다고 보고하고 있었다.

오명성 대통령의 미간이 찌푸려졌다.

'그럼 그 자리에 세워져 있던 차는 뭐야?'

오명성 대통령의 시선이 책상 한쪽에 놓인 차량의 엠블럼으로 향했다.

그것은 얼마 전, 사건 현장에서 주워 왔던 것이다.

엠블럼을 보는 오명성 대통령의 눈동자가 떨려 왔다.

그때, 그의 핸드폰이 울렸다.

발신 번호는 희우였다.

하지만 오명성 대통령은 쉽게 전화에 손을 뻗지 못했다.

어쩐지 희우와 엮이면 엮일수록 여우에게 홀리는 기분이 들었기 때문이다.

하지만 그는 결국 전화기를 잡았다.

아들이 연관된 일이었다. 여우에게 홀리더라도 전화를 받아야 했다.

"그래."

희우의 목소리가 흘러나왔다.

―지금쯤이면 보고서를 받으셨을 것 같아서 전화드렸습니다.

"맞아."

오명성 대통령은 애써 침착한 척 이야기했다.

―다른 건 없습니까? 궁금하신 게 많을 것 같은데요.

"도대체 무슨 일이 있던 거지?"

―추측성 이야기는 하지 않겠습니다. 제가 본 것만 이야기하죠. 나머지는 대통령님이 알아서 판단하십시오.

오명성 대통령이 고개를 끄덕였다.

-전 그날, 조진석이라는 남자를 쫓고 있었습니다. 아시겠지만 지금 대통령님의 아들을 사고 낸 유력한 용의자입니다.

"......."

-현장에 도착했을 때, 조진석은 차에서 내린 상태였고 그의 주변에서 많은 사람들이 떠나고 있었습니다.

"떠나고 있었다?"

-제가 알기론 떠나는 사람들이 조진석을 협박한 것 같습니다. 부하에게 배신당한 거죠.

"......."

-조진석도 함정에 빠진 겁니다.

오명성 대통령의 입술이 씰룩였다.

희우가 말을 이었다.

-조진석 정도의 깡패를 함정에 빠뜨릴 수 있는 사람, 그리고 그걸로 인해 이득 또는 어떤 계획을 완성시킬 수 있는 사람. 그런 사람이 대통령님의 주변에 누가 있습니까?

오명성 대통령의 눈에 순간 천호령 회장이 보였다.

눈이 쌓이고 있는 밤이었다.

먼지처럼 흩날리던 눈발은 어느새 굵어져 쌓이고 있었다.

천호령 회장은 서재에 있는 창가에 서서 밖을 바라봤다.

그의 입에서 낮게 한숨이 흘렀다.

"이렇게 또 한 해가 가는구나."

나이 많은 노인에게 새해가 온다는 건 두려운 일이다.

자신이 살날이 얼마 남지 않았다는 걸 확인시켜 주는 것과 다름없기 때문이다.

그의 핸드폰이 울렸다.

발신 번호는 천유성 대표다.

지금껏 감성에 젖어 있던 천호령 회장의 눈은 싸늘하게 변했다.

그가 핸드폰을 들어 올렸다.

"그래."

ㅡ혹시 기사 보셨습니까?

"기사?"

ㅡ아버지가 천지용을 만나러 갔다는 이야기는 들었습니다. 그래서 저도 응원의 메시지를 보냈습니다.

천호령 회장이 입을 꾹 다물었다.

그의 시선이 책상 한편에 있는 모니터로 향했다.

모니터에는 '관행처럼 진행되어 온 정재계 인사 특사는 평등에 어긋난다'라는 제목의 기사가 떠올라 있었다.

천호령 회장이 한숨을 내쉬었다.

"유성아."

－그렇게 부르지 마세요. 전 아버지께 선전포고를 한 겁니다. 이제 되돌아올 수는 없을 겁니다.

"유성아."

－아버지가 천지용을 만나러 간 뒤에 확신했습니다. 이렇게 하지 않으면 내가 인정받을 수 없겠구나 하고요.

"……."

－우리 형제들의 마음은 똑같았을 겁니다. 아버지께 흔한 칭찬 한번 받아 보지 못하고 컸잖아요. 그래서 인정받는 걸 원했습니다. 그 인정받는 게 회장 자리라고 생각한 것뿐이죠.

"……."

－그런데요, 저도 나이가 드니까 알겠네요. 인정받는 게 꼭 칭찬받아야만 되는 게 아니었어요. 대등하게 싸우고 때론 이기는 걸 보여 드리는 것도 인정받는 거죠.

천호령 회장의 입에서 한숨 소리가 흘러나왔다.

천유성 대표가 말했다.

－그럼 주총에서 뵙겠습니다.

뚝. 전화가 끊겼다.

천호령 회장의 시선은 다시 창밖으로 향했다.

여전히 눈이 내리고 있다.

똑똑똑

문 두들기는 소리가 들렸다.

"들어와."

문이 열리고 천시현이 들어왔다.

책상 앞으로 다가온 그녀가 입을 열었다.

"김석훈이 동영상을 가지고 있는 것 같아요."

천호령 회장의 눈이 찌푸려졌다.

"동영상?"

"그날 밤, 교통사고를 냈던 동영상요. 제가 며칠 전, 김석훈을 만나러 갔었잖아요."

천호령 회장이 고개를 끄덕였다.

천시현이 계속 말했다.

"김석훈이 제게 말했어요. 자기가 사건의 기획자라면 사고를 일으킬 때 그 장면을 녹화할 수 있는 장치를 어떻게든 설치해 뒀을 거라고요. 그래서 나중에 이용할 거라고요."

천시현의 눈동자에 초점이 없었다. 그녀는 멍한 눈동자로 계속 말을 이었다.

"그래서 그날부터 며칠 동안 계속 김석훈에게 전화해서 빌어 봤어요. 살려 달라고요."

천호령 회장의 미간이 찌푸려졌다.

"뭐라고? 살려 달라 했다고?"

천시현이 시선을 들어 천호령 회장을 바라봤다.

"네, 살려 달라고 했어요. 그 사람이 사고를 낸 동영상을 가지고 있으면 내 인생은 끝이니까요."

천호령 회장은 골치가 아픈지 관자놀이를 손으로 꾹꾹 눌렀다. 그리고 천시현을 바라보며 말했다.

"그래서? 그놈은 뭐라고 했지?"

"지옥이 뭔지 가르쳐 준다고 그랬어요. 진짜 지옥을 느껴 보라면서요."

천호령 회장이 가만히 천시현을 바라봤다.

그러다가 고개를 끄덕이며 천시현의 앞으로 다가갔다.

"시현아."

평소와 다른 다정한 목소리였다.

천시현의 시선이 천호령 회장에게 향했다.

천호령 회장은 천시현의 앞에서 걸음을 멈추지 않았다.

그는 그녀의 옆을 스쳐 지나며 계속 말을 이었다.

"너도 이 아비가 너희들을 사랑하지 않는다고 생각하니?"

"네?"

뜬금없는 말에 천시현은 눈을 깜빡였다.

천호령 회장이 말했다.

"며칠 전에 네 첫째 오빠 지용이 면회를 갔다 왔어. 그런데 지용이 그놈이 난 자식을 사랑하지 않는다고 하더라고."

천호령 회장은 서재의 문을 열었다.

밖으로 나가려는 거다. 그 뒤를 천시현이 따랐다.

천호령 회장은 집 밖을 나가 정원으로 나섰다.

정원엔 하얀 눈이 쌓여 있었다.

두 사람이 걷는 소리가 사부작거리며 들려왔다.

천호령 회장이 말했다.

"방금은 네 둘째 오빠 유성이한테 전화가 왔어. 나하고 싸우고 싶다는구나. 나와 싸워서 대등하다는 걸 인정받고 싶대."

"……!"

천시현의 눈이 떨려 왔다.

천호령 회장이 고개를 돌려 뒤에 따라오는 천시현을 바라봤다.

"콩가루 집안 아니냐?"

"…… ."

"콩가루 집안이지, 콩가루 집안이야. 나도 알아. 그런데 내가 왜 가만히 있는지 알아?"

천시현이 고개를 저었다.

천호령 회장이 계속 말했다.

"너희를 사랑하지 않는 게 아냐. 난 가난이 뭔지 알아."

천호령 회장은 뒷짐을 진 채 천천히 걸었다.

그가 천천히 정원을 가로질러 가며 자박자박 눈 밟히는 소리가 들렸다.

천호령 회장이 낮은 목소리로 말을 이었다.

"돈이 없다는 것, 배가 고프다는 것, 하루 벌어 하루 먹고 살아야 한다는 것. 지금 내가 말하는 게 무엇을 의미하는지 아니?"

천시현이 고개를 저었다.

"아뇨."

"세상이 어떻게 흘러가는지 모른다는 소리야."

천호령 회장이 멈춰 선 곳은 연못 앞이었다.

연못 아래엔 잉어들이 보인다.

천호령 회장이 먹이가 든 양동이를 들며 말했다.

"이 연못은 온도가 조절되게 되어 있어. 여름이고 겨울이
고 항상 적정 온도를 유지해 주지. 그럼 잉어들은 그게 행복
한 거야. 단순히 춥지도, 덥지도 않으니 행복한 거지."

천호령 회장이 양동이에서 먹이를 집어 연못에 뿌렸다.

잉어들이 먹이를 먹기 위해 퍼덕인다.

천호령 회장이 말했다.

"배가 고프다는 건 이 잉어들과 똑같은 거야. 먹기 위해
사는 거지. 연못 밖의 세상은 몰라. 관심도 없어. 자기들에게
먹이를 주는 사람이면 마냥 좋은 거야."

천호령 회장의 시선이 천시현에게 향했다.

"그런데 막상 내가 밥을 안 주면 어떻게 될까? 배가 고프
니까 처음엔 자기들끼리 뜯어먹겠지. 그러다가 한 놈, 한 놈
죽고 말 거야. 그런데 그때도 이놈들은 밖을 보지 못해."

"……"

"연못 밖에 어떤 세상이 있는지 알 수 없어. 왜? 먹고살기
바쁘니 밖을 볼 수 없는 거야."

천호령 회장이 몸을 돌려 천시현에게 향했다. 그리고 말을

이었다.

"난 내 자식들이, 내 후손들이 그저 하루를 살기 위한 짐 승으로 살지 않았으면 좋겠어. 그래서 이러고 있는 거야. 첫째 지용이가 나에게 자식을 사랑하지 않는 아버지라 욕하고, 둘째 유성이가 나를 적대하고, 셋째 하민이가 감옥에 가는 걸 지켜보는 이유야."

"……."

"모두 내 후손들이 잘살게 하기 위해서야. 이제 다 끝나간다. 이제 끝이 보여."

천시현의 입가에 어색한 미소가 걸렸다.

'그게 사랑의 이유라고 하는 변명인가요? 아니요. 아버지는 우리를 사랑하지 않아요. 자식들도 하나의 이용 도구죠.'

하지만 그녀의 목소리는 밖으로 나오지 못했다.

천호령 회장의 눈빛이 진지했기 때문이다.

그때 천호령 회장의 핸드폰이 울렸다.

천호령 회장은 핸드폰을 들어 발신 번호를 확인했다.

대통령의 비서다.

그가 핸드폰을 귀에 댔다.

"무슨 일이야?"

─크, 큰일 났습니다!

천호령 회장의 미간이 찌푸려졌다.

"무슨 일이야? 천천히 이야기해 봐."

―대통령님이 교통사고에 대해 다시 조사하기 시작했습니다.

"뭐?"

―대통령님이 뭔가를 눈치챈 것 같습니다.

찌푸려졌던 천호령 회장의 미간은 이제 일그러지고 있었다.

비서가 계속 말했다.

―대통령님은 천호령 회장님을 의심하고 있는 것 같습니다.

"나를 의심하고 있다고?"

하지만 통화는 계속 이어지지 못했다.

비서가 속삭이듯 빠르게 말을 이었다.

―대통령님이 나옵니다. 나중에 연락드리겠습니다.

그리고 갑자기 전화가 끊겼다.

천호령 회장은 통화가 종료된 핸드폰을 가만히 바라봤다.

"이게 무슨 말이야?"

천호령 회장의 얼굴은 일그러지다 못해 구겨지고 있었다.

그의 입에서 허연 입김이 흘러나왔다.

그는 고개를 저었다.

대통령이 어디까지 알아냈는지 모른다.

하지만 지금 비서의 이야기를 들어 보면 의심하고 있다.

의심과 의혹이라는 단어는 한번 마음속에 파고들기 시작하면 쉽게 떨쳐 낼 수 없다.

모든 진실을 파헤쳐서 손에 들고 있어도 '혹시?'라는 게 의심과 의혹이다.

즉, 대통령이 의심을 시작한 이상 천호령 회장이 그동안 품었던 계획은 크게 어긋나고 있었다.

잠시 생각에 빠져 있던 천호령 회장이 핸드폰을 들어 올렸다. 그의 전화는 조진석의 부하였던 신지혁에게 향하고 있었다.

벨이 두 번을 울리기 전에 신지혁이 전화를 받았다.

"어디야?"

-사무실에 있습니다.

"조진석이를 찾아."

-네?

신지혁의 목소리엔 의문만 가득했다.

일전에 천호령 회장은 조진석이 도망갈 수 있도록 놓아주라고 말했었다. 그런데 지금에 와서 다시 찾으라고 하니 이상할 수밖에 없었다.

하지만 끄덕여야 했다.

신지혁이 조진석의 아래에 있으며 유일하게 배운 게 있다면 천호령 회장이 하는 말에 토를 달지 않는 것이었다.

-네, 알겠습니다. 당장 찾아보겠습니다.

천호령 회장은 전화를 끊었다.

조진석을 잡아 어떻게든 구슬린다. 그리고 자백하게 만든다.

이게 천호령 회장이 생각한 첫 번째 안이다.

대통령이 의심하더라도 사법기관에서 사건을 종결시키게 만들어야 했다.

그리고 두 번째는 대통령을 힘으로 찍어 누르는 거다.

대통령에게 최대한 좋은 말로 거래하려 했다.

대통령은 대통령대로 그가 원하는 권력을 잡고 살 수 있게 해 주려 했고, 천호령 회장은 대한민국의 경제력을 손에 쥐려 했다.

서로가 상부상조할 수 있는 일이다.

하지만 그게 힘들다면 힘을 보여 주는 수밖에 없다.

천호령 회장이 핸드폰을 들어 올렸다.

그의 전화는 진규학 의원에게 향하고 있었다.

"어디야? 지금 좀 보지. 아냐, 내가 그쪽으로 가도록 하지."

천호령 회장은 저벅저벅 눈길을 걸어갔다.

뒤에 있는 천시현에겐 시선도 주지 않았다.

가만히 그의 옆에 서 있던 천시현이 조심스레 뒤로 물러섰다.

그녀가 향하는 곳은 천호령 회장의 서재였다.

그녀는 천호령 회장을 통해 김석훈을 제거할 생각이 있었다. 하지만 제거에 실패할 경우도 대비해야 했다.

그것은 천호령 회장이 가지고 있는 USB를 손에 가지고 있는 거다.

잠시 후.

김석훈은 천시현의 전화를 받고 있었다.

-비, 비밀번호가 바뀌었어요.

"그래서?"

-제가 아버지의 금고를 열 수가 없어요.

"그건 자네 사정이지."

-……!

"난 기회를 주었으니, 알아서 USB를 찾아오든가 해."

김석훈은 전화를 끊었다.

그의 시선이 창밖으로 향했다.

밖에는 눈이 내리고 있었다.

자리에서 일어선 김석훈이 창밖을 내다봤다.

밖을 바라보는 그의 눈은 내리는 눈보다 더 차가웠다.

진규학 의원의 사무실.

책상에 앉아 있던 진규학 의원은 작게 한숨을 내쉬었다.

천호령 회장이 갑작스레 찾아온다고 말했기 때문이다.

"천유성 대표에게 알려야 하나?"

고민되었다.

진규학 의워은 책상 서랍을 열어 봤다.

그곳엔 얼마 전 천유성 대표가 준 서류가 보였다.

그 서류엔 어린 나이에 목숨을 잃은 어린 여성의 사진이 있었다.

진규학 의원의 입에서 다시 깊은 한숨이 흘렀다.

진규학 의원은 천유성 대표와 손잡고 있다.

이 서류를 넘겨준 것도 천유성 대표다.

천유성 대표는 이 서류를 이용하여 천호령 회장을 압박하고 국민들에게 인기를 얻으라는 말을 전했었다.

하지만 진규학 의원은 아직 천호령 회장이 두려웠다.

그때 똑똑똑, 사무실의 문이 두들겨지는 소리가 들렸다.

진규학 의원이 자리에서 일어나서 둘로 문을 열었다.

문 앞엔 천호령 회장이 서 있었다.

진규학 의원이 고개를 숙이며 말했다.

"날씨도 험한데요. 제가 갈 걸 그랬습니다."

천호령 회장이 고개를 저었다.

"아냐, 내가 자네 사무실에 와 보는 건 처음이지? 한 번쯤 와 보고 싶었어."

천호령 회장은 뚜벅뚜벅 진규학 의원의 책상 앞에 있는 소파로 걸어갔다. 그리고 자리에 앉으며 말했다.

"식사는 했나?"

"아직 안 했습니다."

"자장면이나 하나 시켜 봐."

"네? 네, 알겠습니다."

진규학 의원이 문 너머에 있는 자신의 비서에게 시선을 돌렸다.

비서가 고개를 끄덕거렸다.

잠시 후, 자장면이 배달됐다.

천호령 회장과 진규학 의원의 사이엔 자장면이 놓였다.

천호령 회장이 젓가락을 뜯으며 말했다.

"예전에 우리가 자장면을 먹을 때 가격이 500원이었지?"

"네? 아마 그쯤이었을 겁니다."

"내 기억이 맞는다면 자장면이 500원, 택시비도 그쯤 했을 거야. 그런데 바나나 하나도 그쯤 하지 않았나?"

진규학 의원이 고개를 끄덕였다.

"네, 하나에 500~600원 했던 것으로 기억합니다."

천호령 회장이 빙긋이 미소를 그리며 진규학 의원을 바라봤다.

"자네도 많이 늙었어."

천호령 회장은 90년대 초반까지만 해도 그룹 공채로 사원을 뽑으면 항상 첫 점심으로 자장면을 사 줬었다.

천호령 회장이 말했다.

"내가 왜 자장면을 사 줬는지 아나?"

진규학 의원이 고개를 저었다.

천호령 회장이 젓가락으로 자장면을 들며 말했다.

"별 이유는 없어. 예전에는 특별한 날에 먹는 음식이 자장면이었잖아. 우리 회사에 들어온 첫날, 첫 연수인 만큼 특별한 날로 삼아 자장면을 사 준 거지."

진규학 의원이 슬쩍 웃었다.

"지금도 기억납니다. 그때 회장님께서 자장면을 빨리 먹어야 훌륭한 사원이라는 우스갯소리를 하셨었죠?"

"기억하는구만. 하하하하."

두 사람은 정말 정겹게 자장면을 먹었다.

그리고 천호령 회장이 빈 그릇을 옆에 두며 말했다.

"오늘은 내가 왜 자장면을 먹자고 한 줄 아나?"

진규학 의원이 티슈로 입을 닦으며 시선을 천호령 회장에게 향했다. 그리고 고개를 저었다.

천호령 회장의 무거운 목소리가 흘러나왔다.

"부탁 하나만 하지. 내가 진규학 의원에게 하는 첫 부탁일 거야. 이 정도면 자장면을 먹기에 의미 있는 날이 아닌가?"

"말씀하십시오."

"대통령을 압박해야겠어."

"……!"

진규학 의원의 시선이 천호령 회장에게 향했다.

한동안 대통령에 대한 압박을 풀었던 천호령 회장이다.

그런데 그걸 다시 시작한다고 하니 의아할 수밖에 없었다.

"평소보다 더 강도 높게 압박해야 해, 대통령이 아무것도 할수 없게. 지지율을 떨어뜨릴 수 있는 곳까지 떨어뜨려야 해."

"지지율을 떨어뜨릴 수 있을 때까지요?"

천호령 회장이 고개를 끄덕였다.

"0이었으면 좋겠군."

진규학 의원이 눈을 찌푸렸다. 그리고 한숨을 내쉬었다.

"대통령의 아들이 교통사고를 당하면서 지지율이 상승하고 있습니다. 아무래도 연민의 시선으로 봐 주는 국민이 많기 때문이죠. 그런데 여기서 무리하게 대통령의 지지도를 꺾으려고 하면 역효과가 날 겁니다."

천호령 회장이 고개를 저었다. 그리고 낮은 목소리로 말했다.

"진규학."

"네, 회장님."

"역효과가 두렵나?"

"네?"

진규학 의원이 눈을 깜빡였다.

천호령 회장이 낮은 목소리로 말을 이었다.

"아니면 내가 두렵나?"

"……!"

진규학 의원의 눈이 떨려 왔다.

천호령 회장이 계속 말했다.

"자네가 유성이하고 쿵짝이 잘 맞는다는 건 알고 있어."

"……."

"유성이가 지금 내 자리에 앉았다고 착각하는 모양이지?

나와 대적할 수 있다고 생각하는 모양이지?"

진규학 의원의 손이 가늘게 떨려 왔다.

천호령 회장이 말을 이었다.

"자네도 그렇게 생각하고 있나?"

"아닙니다."

진규학 의원은 생각도 하지 않고 바로 대답했다.

그는 천유성이 천호령 회장을 이길 수 있다고는 생각하지 않았다.

천호령 회장이 빙긋이 미소를 그렸다.

"그래, 다행이야. 자네는 정신을 똑바로 차리고 있어서 정말 다행이야."

천호령 회장은 웃고 있었다.

하지만 그의 눈에 살기가 가득했다.

그 살기는 마치 진규학 의원을 집어삼킬 듯했다.

천호령 회장이 나직이 말을 이었다.

"자네가 유성이 옆에서 중심을 잡아 줘야 해. 녀석은 너무 호전적이니까, 때로는 냉정하게 길을 알려 줄 사람이 필요해."

진규학 의원이 할 수 있는 건 고개를 끄덕이는 일뿐이었다.

천호령 회장이 계속 말했다.

"그럼 이제 대통령에 대한 압박을 시작해 보도록 해. 알겠지만 자네가 대통령을 압박해서 얻을 최악의 경우는 역효과로 인해 다음 선거에서 떨어지는 거야."

"……."

"하지만 대통령을 압박하지 않으면, 유성이와 손잡고 교도소로 가겠지. 알고 있지? 난 자네 손에 묻은 먼지 한 톨도 손에 쥐고 있어."

"알겠습니다."

진규학 의원은 고개를 끄덕일 수밖에 없었다.

잠시 후, 천호령 회장이 떠났다.

진규학 의원의 멍한 시선은 여전히 천호령 회장이 앉아 있던 소파를 보고 있었다.

천호령 회장은 웃으면서 진규학 의원을 교도소에 보내겠다고 협박했다. 진규학 의원은 천호령 회장의 그 말이 단순한 협박이 아니라는 걸 알고 있었다.

천호령 회장은 자식도 버리는 사람이다.

자식이 아닌 진규학 의원이라면 언제든 시궁창에 거꾸로 매달아 처박을 수 있는 사람이다.

진규학 의원의 입에서 한숨만 흘러나왔다.

다음 날.

크리스마스가 가까워지고 있지만 연말의 느낌은 들지 않았다.

예전 같으면 노점상이나 상점에서 쉽게 캐럴을 들을 수 있었지만 지금은 아니다. 가게 안으로 찾아가지 않는 한 도로에서 캐럴을 듣긴 어려웠다.

다행인 점은 어제 내린 눈으로 인해 세상이 하얗게 변했다는 거다. 연인들은 손을 잡고 다녔고, 아이들은 눈사람을 만들거나 눈썰매를 끌고 있었다.

희우 식구는 엘리베이터를 타고 아파트 1층으로 내려왔다.

아내가 말했다.

"오늘 안 바빠?"

대낮에 집에 있는 희우가 이상한 모양이다.

희우가 슬쩍 웃었다.

"며칠간은 가족과 함께 시간을 보내려고 하는데."

아내가 이상한 눈으로 희우를 바라봤다.

"왜 그래? 무슨 일 있어?"

희우는 고개를 저었다.

"아니, 아무 일 없어."

엘리베이터는 1층에서 멈췄다.

희우는 아이를 품에 안고 빙긋이 미소를 그리며 밖으로 걸어 나갔다.

아내는 팔짱을 끼고 희우의 뒷모습을 가만히 바라봤다.

여전히 의심스러운 눈빛을 풀지 않았다.

희우가 고개를 돌려 그런 아내를 보며 손짓했다.

"어서 와. 눈싸움해야지."

해맑게 웃고 있는 희우를 보며 아내가 고개를 저었다.

희우는 아기를 품에 안고 둥글게 눈을 뭉쳤다.

눈에 돌멩이로 눈을 만들어 붙이고 부러진 나뭇가지를 꽂아 눈사람을 만들어 보았다.

눈사람의 크기는 희우의 무릎 높이 정도다.

즐거운 시간이었지만 더 오랫동안 밖에 있을 수는 없었다.

날은 추웠고, 아이는 어렸다.

희우와 그의 아내 희아 그리고 딸 귤희는 집에서 멀지 않은 커피숍에 앉았다.

아내가 커피 잔을 들며 힐끔 희우를 바라봤다.

"정말 무슨 일이야? 이 시간에 이렇게 여유 있게 있어도 되는 거야?"

"응, 진짜 괜찮다니까."

희우는 빙긋이 미소를 그리며 커피 잔을 들어 입에 댔다.

추운 날에 마시는 따뜻한 커피는 맛있다.

희우는 한껏 여유를 부리고 있는데, 아내는 그게 정말 이상했나 보다.

그녀가 다시 묻는다.

"도대체 무슨 꿍꿍이래?"

꿍꿍이라는 말에 희우가 아내를 황당한 눈으로 바라봤다.

"지난번에 김석훈 의원도 나한테 꿍꿍이 있다는, 비슷한 이야기를 했는데. 내가 꿍꿍이가 없으면 안 움직이는 사람처럼 보여?"

"응."

단호한 대답이다.

아내의 끄덕임에 희우는 피식 웃었다. 그리고 말했다.

"지금은 정말 가만히 있는 거야. 씨앗이 자라기를 기다리고 있거든."

"씨앗?"

희우가 고개를 끄덕였다.

"지금까지는 천호령 회장이 만든 판에서 움직였어. 남이 만든 판에서 증거를 찾고 비리를 찾는 건 쉽지 않은 일이야."

희우가 커피를 들어 마른입을 적셨다.

그리고 계속 말했다.

"이제 싸움은 마지막으로 가고 있어. 천호령 회장이 만든 판은 엎어졌어. 부서지고 난리가 났어."

"……."

"그곳에 내가 만든 판을 올리는 중이야."

희우가 자신의 손바닥을 물끄러미 바라봤다. 그리고 말했다.

"대통령은 천호령 회장을 의심하기 시작했어. 검찰을 움직이겠지."

희우의 손바닥 위에서 대통령이 전석규 총장을 만나고 있었다.

희우가 계속 말했다.

"천호령 회장도 그냥 당하지 않을 거야. 진규학 의원을 불러 대통령을 압박하려 할 거야."

그의 손 위에서 천호령 회장이 진규학 의원을 만나고 있다.

희우가 말을 이었다.

"언론을 통해 서로 비방하고, 검찰 및 정보기관을 통해 서로를 헐뜯고 난리가 날 거야."

희우의 눈엔 보지 않아도 모든 게 보이는 것 같았다.

희우는 천천히 고개를 들어 아내를 바라봤다. 그리고 빙긋이 미소를 그렸다.

"이게 내가 만드는 판이야. 이 판에선 김석훈이나 천호령에게 끌려다니지 않아."

아내가 눈을 깜빡였다. 그리고 물끄러미 희우를 바라본다.

"불안해."

"뭐가?"

"그 계획 속에 내가 들어 있는 건 아니지?"

이번엔 희우가 눈을 깜빡였다.

"내 계획 속에 여보가 왜 들어 있어?"

물끄러미 희우를 보던 아내가 고개를 저었다.

"미리 말해 두는데, 난 천하 그룹에 안 들어가."

희우가 피식 웃으며 고개를 끄덕였다.

"그 부분에 대해선 절대적으로 당신의 의견을 존중할 거야. 걱정하지 마."

하지만 아내의 표정은 풀리지 않았다.

가만히 희우를 째려보고 있다.

"정말이지?"

희우가 슬쩍 웃으며 고개를 끄덕였다.

"응, 정말이야."

몇 번이나 확답을 받은 후에야 희우의 아내는 안심하는 눈
치였다.

그녀가 의자에 등을 기댈 때, 희우가 말했다.

"그런데 남들은 그 회장 자리에 앉고 싶어서 난리를 치는
데, 왜 싫어하는 거야?"

"그럼 김희우 의원님은 국회의원 하고 싶어서 난리 치는
사람들이 있는데, 왜 하기 싫어하실까요?"

희우가 슬쩍 웃었다.

"그래서 권하지 않잖아."

희우의 시선이 창밖을 향했다.

눈은 다시 내리기 시작한다.

한 치 앞도 보이지 않게 내리고 있었다.

며칠 후.

희우는 병원에 있었다.

그의 앞에는 대통령의 아들과 함께 교통사고가 났던 손진하가 누워 있었다.

그녀는 아직 의식을 찾지 못한 상황이다.

그녀를 바라보는 희우의 입에서 작게 한숨이 흘렀다.

그녀는 이 싸움의 피해자다.

직업이 무엇이든 어떤 일을 하고 살았든, 천호령 회장과 오명성 대통령 그리고 김석훈으로 얽힌 복잡한 관계가 만들어 낸 피해자였다.

희우는 애끊은 운명의 그녀를 안쓰러운 눈빛으로 바라봤다.

그때 희우의 옆으로 그녀의 할머니가 섰다.

"바쁜데 계속 이렇게 찾아와 주시고, 정말 감사드립니다."

할머니는 허리를 굽혀 희우에게 감사 인사를 표했다.

희우가 고개를 저었다.

"아뇨. 그래도 제가 목격잔데요. 어서 쾌차하기를 바라고 있어요."

희우의 다정한 목소리에 할머니가 소매로 자신의 눈시울을 닦으며 말했다.

"의사 선생님이 많이 좋아졌다고 해요. 그런데 왜 일어나지 않는 걸까요?"

희우의 눈이 손진하에게서 떨어져 할머니를 향했다.

"금방 일어날 겁니다. 언제나처럼 밝게 웃을 테니까 걱정하지 마세요.”

할머니는 침대로 한 발 걸어가 손녀의 손을 잡았다.

눈을 감고 있지만 손녀의 손은 따스하다.

희우의 말처럼 언제 누워 있었냐는 듯 금세 일어날 것만
같았다.

할머니는 자신의 주름진 손으로 손녀의 손을 천천히 쓰다
듬었다.

희우는 몸을 돌렸다.

계속해서 이곳에 있으면 할머니가 불편해한다.

자리를 피해 줘야 했다.

희우가 병실 밖으로 걸어 나갈 때, 할머니의 목소리가 들
렸다.

“김희우 의원님.”

희우가 걸음을 멈춰 몸을 돌렸다.

“네, 말씀하세요.”

할머니가 자리에서 일어서며 말했다.

“며칠 전에 김석훈 의원이라는 분이 왔다 가셨어요.”

희우의 눈썹이 꿈틀거렸다.

“김석훈 의원이요?”

할머니가 고개를 끄덕이며 계속 말했다.

“네, 와서 우리 애 장학금이라고 큰돈도 주고 가셨는데요.”

‘장학금?’

할머니는 병실 한편에 있는 옷장에서 가방을 꺼냈다. 그리고 그 안을 주섬주섬하더니 통장 하나를 손에 들었다.

할머니가 희우에게 통장을 건네며 말했다.

"너무 큰 돈이라서요. 이걸 받아도 될지 몰라서 여쭤봅니다. 괜히 나랏일 하시는 분들인데 잘못 받았다가 큰일이 날 수도 있잖아요."

할머니에게 통장을 받은 희우는 가장 먼저 이름을 확인했다.

통장의 주인은 손진하다.

아쉽게도 김석훈이 아니었다.

하지만 이건 실수였다.

할머니가 김석훈의 이름을 알고 있었다.

자신의 이름을 감추지 못했다.

희우는 잠시 생각에 빠졌다.

'김석훈을 몰아붙일 수 있을까?'

잠시 통장을 지켜보던 희우가 슬쩍 웃으며 할머니에게 통장을 건넸다.

"사용하셔도 될 거예요."

"그래요?"

"네, 정말입니다. 괜찮습니다."

할머니는 희우에게 몇 번이나 확답을 받은 후에야 다시 통장을 손에 받아 가방에 넣었다.

희우가 할머니를 보며 말했다.

"아무래도 손녀분이 좋은 일을 많이 하셨나 봐요. 김석훈 의원님 같은 분이 장학금도 주시고요. 어떤 장학금인지는 혹시 들었나요?"

할머니는 고개를 저었다.

"아뇨, 그냥 장학금이라고만 하셔서……."

추가적인 정보를 얻긴 어려웠다.

희우는 할머니에게 살짝 고개를 숙였다.

"그럼 가 보겠습니다. 손진하 양이 어서 쾌차하기를 바랍니다."

할머니도 허리를 굽혔다.

"감사합니다. 정말 감사합니다."

희우는 몸을 돌려 병실을 떠났다.

병실 밖 복도엔 상만이 등을 기대고 서 있었다.

두 사람은 오늘 술 한잔을 하기로 했었다. 그래서 병원에서 만날 것을 약속했는데, 상만이 들어오지 않고 복도에 있던 거다.

희우가 말했다.

"왔으면 들어오지 그랬어."

상만이 고개를 저었다.

"아픈 사람들을 보면 괜히 코끝이 찡해져서요. 흐흐."

상만의 능글맞은 미소를 보며 희우는 피식 웃었다.

희우가 복도를 걸으며 말했다.

"목 탄다. 음료수 한잔 마시고 가자."

그 옆으로 상만이 서며 입을 열었다.

"방금 뉴스 보셨어요?"

"뉴스?"

상만이 고개를 끄덕였다.

"진규학 의원이 대통령을 공식적으로 욕하기 시작했네요. 지금껏 잠잠하더니, 천호령 회장이 다시 지시를 내린 모양이에요."

희우가 고개를 끄덕였다.

"진규학 의원이 어떤 식으로 이야기했지?"

"국제 정세가 좋지 않은데, 일국의 대통령이 아들에게만 신경 쓰고 있다고요. 아들의 사고는 안타깝지만 대통령이라면 나라에 신경 써 달라는 말을 했어요. 그런데 인터넷 여론과 언론의 방향성이 달라요."

희우의 시선이 상만에게 향했다.

"달라?"

"네, 언론은 진규학 의원의 말에 동조하는 분위기예요."

희우가 고개를 끄덕였다.

언론은 천호령 회장이 만지고 있을 거다.

"여론은 어때?"

"반으로 갈려 있어요. 진규학 의원에게 너무하다는 의견도 있고, 다른 쪽에서는 대통령이라면 한 가정의 아버지이기보다는 나라를 신경 쓰라는 의견도 있고요."

희우가 고개를 끄덕였다.

오명성 대통령과 천호령 회장의 관계는 어긋나고 있었다.

애초에 서로의 이득만을 위한 관계였으니 파국은 당연한 결말이었다.

희우가 자판기로 다가가 음료수를 뽑았다.

자판기에서 찬 음료가 떨어져 내렸다.

희우가 상만에게 음료를 건넨 후 소파에 앉았다.

그는 말없이 캔 음료를 따서 입에 댔다.

찬 기운이 목을 타고 내려가며 정신이 또렷해졌다.

희우가 고개를 돌려 상만을 바라봤다.

"며칠 안으로 검찰이 제왕 그룹을 공격할 거야."

"……!"

"대대적인 수사가 들어갈 테니까, 그때가 기회야."

"최대한 많은 계열사에 지분을 심어 두라는 거죠?"

희우가 고개를 끄덕였다.

"그 전에 해야 할 일이 있어."

"해야 할 일요?"

"천유성을 만나야지."

상만의 눈이 동그랗게 떠졌다.

희우가 계속 말했다.

"얼마 전에 천호령 회장이 천지용을 만나고 왔다는 이야기를 들었어. 지금껏 단 한 번도 면회를 가지 않았던 사람이 왜 천지용을 찾아갔을까? 그것도 지금 시기에 왜?"

이건 상만도 예측할 수 있었다.

셋째 천하민의 구속 위기다.

팽팽한 균형을 잡고 있던 후계 구도가 기울어지고 있다.

"설마 다시 후계 구도를 만들려고 하나요?"

희우가 어깨를 으쓱했다.

"후계 구도를 만들려는 건지 아니면 천지용으로 후계를 낙점한 건지, 그건 알 수 없지. 그리고 중요한 것도 아니야."

중요한 것도 아니라는 말에 상만이 고개를 갸웃거렸다.

희우가 계속 말을 이었다.

"천하민이 구속돼서 천유성이 후계에서 승리한 판이었어."

"······."

"천유성은 자신의 시대가 왔다고 생각했을 거야. 그런데 뜬금없이 천지용이 특사로 나와서 다시 경쟁 체제가 된다면, 천유성의 기분이 어떨 것 같아?"

상만이 천천히 고개를 끄덕였다.

"더럽겠죠?"

"그래, 천유성으로서는 다 된 밥에 재를 뿌리는 기분일 거야."

희우는 손에 쥐고 있던 캔을 우그러뜨리며 말을 이었다.

"우리에게 중요한 건 천유성이 얼마나 화가 났느냐야. 지금까지 아버지라는 이름, 형제라는 이름으로 폐륜적인 짓은 참아 왔잖아. 천유성 스스로도 그쪽에 대한 가이드라인은 있었던 것 같고."

상만이 음료를 입에 댄 후 말했다.

"가이드라인이 사라졌겠네요."

희우가 고개를 끄덕였다.

"그러니까 넌 천유성의 손을 잡아서 힘이 되어 줘."

상만이 천천히 고개를 끄덕거렸다.

희우가 계속 말했다.

"천유성이 마음껏 날뛸 수 있게 서포트하도록 해."

상만이 작게 한숨을 내쉬었다.

"천유성은 천지용이 특사로 나오기 전에 승부를 봐야겠네요."

희우가 고개를 저었다.

"아니, 천지용 본부장에 대한 설 특사는 없을 거야."

"네?"

"천호령 회장이 애써도 특사는 힘들어."

상만이 눈을 동그랗게 뜨고 희우를 바라봤다.

희우가 슬쩍 웃으며 말을 이었다.

"대통령과 천호령 회장의 사이는 이미 어긋났으니까."

희우는 손에 들고 있던 우그러진 캔을 쓰레기통에 버렸다.

그리고 상만에게 몸을 돌리며 계속 말했다.

"결국 집안싸움은 천유성 대표와 천호령 회장의 싸움이 될 거야. 천호령 회장은 안에서는 천유성 대표를 막아야 하고 밖에서는 대통령을 상대해야겠지."

"……."

"연세도 많은데, 끝까지 싸우실 수 있을지 모르겠네."

희우의 시선이 다시 상만에게 향했다. 그리고 빙긋 미소를
그리며 말했다.

"그럼 천유성을 만나 봐야지."

"일단 삼겹살요."

두 사람은 술 한잔을 위해 만나기로 했었다.

지금 상만에겐 삼겹살이 더 중요했다.

다음 날.

희우는 상만과 함께 제왕 백화점에 섰다.

상만이 주변을 둘러보며 말했다.

"그거 아세요?"

"뭘?"

"전 백화점에 올 일도 없지만 온다고 해도 천하 백화점에
만 가요. 제왕 백화점에 가면 괜히 좀 그렇잖아요."

희우가 이상한 눈으로 상만을 바라봤다.

"뭐가 그래?"

상만이 장난스러운 표정으로 희우의 팔을 툭 쳤다.

"에이, 형수님이 천하 그룹인데 제가 제왕 그룹에 갈 수는 없죠. 하하하."

희우는 골치 아픈 표정을 지으며 고개를 저었다.

"됐고, 따라와."

두 사람은 엘리베이터를 향해 걸어갔다.

그리고 잠시 후.

희우와 상만은 제왕 백화점 대표이사실에서 대표이사 천유성과 마주 앉아 있었다.

천유성 대표가 특유의 뱀눈으로 희우를 보며 말했다.

"무슨 말을 하려고 왔지?"

"궁금한 게 있어서요."

"궁금한 거?"

희우가 툭 던지듯 말했다.

"진규학 의원은 요새 뭘 합니까?"

"……!"

천유성 대표의 눈이 찌푸려졌다.

진규학 의원은 지난번 만남 이후로 연락을 거의 하지 않았다.

희우가 슬쩍 웃으며 말했다.

"제가 이런 말을 해도 되는지 모르겠습니다."

천유성 대표가 고개를 저었다.

"처음부터 이간질할 생각이었잖아. 편하게 말해."

"이간질할 생각은 아니었지만 그렇게 생각해 주시면 마음

어게인
마이라이프
SEASON2

이 편합니다."

희우의 시선이 상만에게 향했다.

눈이 마주치자 상만은 가지고 온 가방을 손에 들어 테이블 위로 올렸다.

천유성 대표가 가방을 물끄러미 바라봤다.

"뭐지?"

희우가 말했다.

"천호령 회장님의 뒤를 쫓고 있었습니다."

"아버지의 뒤를? 어떻게?"

오래전부터 희우는 흥신소를 통해 천호령 회장의 뒤를 밟고 있었다.

희우가 계속 말했다.

"지금은 어떻게 뒤를 밟았는지가 중요한 게 아니죠. 제가 천호령 회장님께서 무엇을 봤는지가 중요하지 않겠습니까?"

희우의 말에 천유성 대표의 미간이 찌푸려졌다.

희우는 상대의 표정은 아랑곳하지 않고 가방에서 사진 한 장을 꺼내 천유성 대표에게 건넸다.

천유성 대표는 작게 한숨을 내쉬었다.

하지만 쉽게 사진으로 시선을 가져가지 못했다.

희우가 손짓했다.

"보세요."

천유성 대표의 입에서 다시 한숨이 흘렀다.

희우가 다시 말했다.

"보라니까요."

천유성 대표의 시선이 천천히 사진으로 향했다.

"……!"

사진에는 진규학 의원의 사무실로 들어가는 천호령 회장의 사진이 보였다.

천유성 대표가 시선을 들어 희우를 바라봤다. 그리고 떨리는 목소리로 물었다.

"이게 뭐지?"

희우가 어깨를 으쓱해 보였다.

"보시는 대로 천호령 회장님이 진규학 의원을 만나는 겁니다. 그런데 천유성 대표님의 표정을 보고 있으니 모르셨나봅니다."

"……!"

희우가 슬쩍 미소 지으며 고개를 저었다.

"이거 본의 아니게 정말 이간질하는 모양새가 되었네요."

천유성 대표가 입을 꽉 다물었다.

희우가 슬쩍 웃으며 찻잔을 들어 올렸다. 그리고 말했다.

"이간질할 생각은 없었는데요. 전 당연히 알고 계실 줄 알았습니다. 괜히 대표님 마음에 심려를 끼친 것 같아 죄송하네요."

천유성 대표가 한숨을 내쉬며 희우에게 시선을 향했다.

희우의 입가엔 엷은 미소가 담겨 있다.

천유성 대표는 그 미소가 마음에 들지 않았다.

말리는 시누이가 더 밉다고 했다.

천유성 대표는 지금 앞에서 웃고 있는 희우가 마음에 들지 않았다.

천유성 대표가 한숨을 내쉬며 고개를 저었다.

"무슨 이야기를 하고 싶은 거지? 아니면, 내게 듣고 싶은 이야기라도 있나? 하고 싶은 말이 있다면 빨리하고 갔으면 좋겠어."

희우는 가만히 천유성 대표의 눈동자를 바라봤다.

상대의 눈동자는 흔들리고 있었다.

감정의 동요가 있었다는 거다.

희우가 입을 열었다.

"천호령 회장님이 왜 진규학 의원을 만났겠습니까?"

천호령 회장이 진규학 의원을 만난 이유는 대통령을 압박해 달라는 부탁을 하기 위해서였다.

진규학 의원이 공개적으로 대통령을 비난하고 나선 것만 봐도 쉽게 유추할 수 있는 일이었다. 하지만 감정이 흔들린 천유성 대표는 거기까지 생각하기가 어려웠다.

완벽한 희우의 테이블이었다.

천유성 대표가 가만히 있자 희우가 천천히 입을 열었다.

"천호령 회장님은 천유성 대표님에 대한 앞일을 준비하고 계십니다."

"앞일?"

희우가 고개를 끄덕였다.

"천호령 회장님이 첫째 아들인 천지용 본부장의 면회를 갔다 온 건 아시죠?"

이번에도 천유성 대표의 감정에 파문을 일으키기 위해 일부러 던진 말이다.

그리고 천유성 대표의 표정이 묘하게 일그러지는 걸 놓치지 않았다.

희우는 천유성 대표의 표정 변화를 눈에 담으며 말을 이었다.

"다가오는 설에 특사로 꺼낼 모양입니다."

천유성 대표의 입이 꽉 다물렸다.

지금 희우가 하는 천호령 회장의 면회와 특사에 관한 것은 천유성 대표도 알고 있었고 예측하던 거다.

희우가 담담히 말을 이었다.

"천호령 회장님이 천지용의 특사를 선택한 이유는 제가 굳이 설명하지 않아도 괜찮겠죠?"

천유성 대표가 고개를 끄덕였다.

말하지 않아도 알았다.

천유성 대표의 대항마를 만들기 위한 것이다.

희우가 말했다.

"알겠습니다. 그럼 여기서 그만하죠."

천유성 대표는 가볍게 숨을 내뱉었다.

화를 가라앉히는 거다.

하지만 그 순간, 천유성 대표는 알지 못했지만 희우가 상만에게 눈빛을 보냈다. 그러자 지금껏 가만히 앉아 있던 상만이 눈치 없는 척 입을 열었다.

"왜요? 왜 특사를 선택한 거예요? 설마, 천유성 대표님이 아니라 천지용을……?"

뒷말은 듣지 않아도 알 수 있었다.

상만은 설마 천지용을 회장에 올리기 위해 천호령 회장이 특사를 신청하느냐 말한 거다.

그리고 천유성 대표의 치아에서 빠득 소리가 났다.

순간이었지만 희우는 천유성 대표의 표정을 놓치지 않았다. 상대의 마음은 흔들리다 못해 짜증으로 가득 차 무너져 내리고 있었다.

그럼 이제 찌를 차례다.

희우가 낮은 목소리로 말했다.

"제가 도와 드리겠습니다."

천유성 대표의 시선이 희우에게 향했다.

희우의 입가에 비릿한 미소가 걸렸다.

천유성 대표가 눈을 찌푸리며 물었다.

"뭘 돕겠다는 거지?"

"기억 안 나세요? 우리 손잡기로 했지 않습니까? 천유성 대표님이 제왕 그룹 회장 자리에 앉을 때까지 제가 옆에서 돕기로 했습니다."

천유성 대표의 눈동자가 떨려 왔다.

희우가 말을 이었다.

"천유성 대표님이 천호령 회장님을 공격하긴 어려울 겁니다. 그렇죠?"

천유성 대표가 고개를 끄덕였다.

언론을 이용하거나 다른 사람의 손을 통해 천호령 회장을 간접적으로 대적할 순 있다. 하지만 직접적으로는 어렵다.

희우가 슬쩍 웃었다.

"제가 해 드리죠."

"……!"

"전 원래 제왕 그룹과 적대적인 자리에 선 사람입니다. 제가 천호령 회장님을 공격하면 자연스러운 그림이 만들어질 것 같지 않습니까?"

천유성 대표의 눈이 상만에게 향했다.

"그래서 김희우 의원이 아버지와 싸우고 떨어져 나온 전리품은 박상만 사장을 통해 호주머니에 챙기시겠다?"

"전리품요?"

"그래, 전리품."

희우가 슬쩍 웃었다.

"제가 떨어진 것을 주우러 다니는 놈으로 보였나 봅니다.

좋습니다. 그렇게 보인다면 그렇게 생각하십시오. 하지만 그렇다고 해도 제왕 그룹 전체가 대표님의 손에 들어가는데, 계열사 몇 개 떨어져 나간다고 손해 보는 건 아니지 않나요? 어쩌면 천지용이나 천하민한테 모조리 넘어갈 수도 있는데요."

천유성 대표의 눈동자는 흔들리고 있었다.

희우가 손을 내밀며 말했다.

"어떻게 하시겠습니까? 제 손을 다시 한 번 잡으시겠습니까?"

천유성 대표의 눈이 희우의 손으로 향했다.

저 손을 잡으면 이제 멈출 수 없다.

자신의 아버지 천호령 회장을 적으로 간주하고 끝까지 가야 한다.

진규학 의원에게 아버지가 곤란할 것 같은 서류를 넘겨줬던 것과는 차원이 다르다.

진규학 의원은 언제든 천유성 대표의 지시로 브레이크를 밟아 멈출 수 있지만 희우는 아니었다.

희우는 끝까지 간다.

천유성 대표가 가만히 희우를 바라봤다.

잠시 후, 희우와 상만은 엘리베이터를 타고 내려오고 있었다.

상만이 손에 든 서류를 만지며 입을 열었다.

"그런데 천유성 대표 아버지가 천호령 회장 아니에요?"

뜬금없는 말에 희우가 상만을 바라봤다.

상만이 슬쩍 웃으며 머리를 긁적이며 말했다.

"아뇨, 그냥 신기해서요. 전 아버지가 보고 싶은데, 저쪽은 원수 대하듯 싸우고 있네요."

상만의 아버지는 일찍 세상을 떠났다.

언제나 아버지를 그리워하는 상만에겐 천호령 회장과 그 아들들의 행동은 알 수 없었다.

상만이 말했다.

"전 이해가 안 되네요."

"세상의 모든 걸 이해할 필요는 없어. 그냥 저런 사람도 있구나 생각해."

상만이 한숨을 내쉬며 다시 말했다.

"제왕 그룹, 제왕 가문이라고 하죠. 우리나라의 상류층, 지도층."

상만의 목소리는 아쉬움이 가득했다.

희우가 쓴웃음을 지으며 상만의 어깨를 토닥였다.

그 시각.

천호령 회장과 오명성 대통령은 한 한정식집에서 마주 앉아 있었다.

두 사람의 분위기는 싸늘하다.

오명성 대통령이 찻잔을 들며 말했다.

"갑자기 무슨 일로 보자고 하셨습니까? 눈도 오고 길도 험한 날인데요."

천호령 회장의 눈동자가 힐끔 오명성 대통령을 향했다.

천호령 회장은 얼마 전, 대통령의 비서에게 받은 전화를 머릿속에 떠올렸다.

당시 비서는 말했다.

−대통령님이 교통사고에 대해 다시 조사를 시작했습니다. 대통령님이 눈치챈 것 같습니다. 대통령님은 천호령 회장님을 의심하고 있는 것 같습니다.

그 전화를 받고 천호령 회장은 꽤 오랫동안 고민했다.

일단 비서의 말은 확실하지 않았다.

대통령이 '의심한다.'라고 정의 내리지 않고 '의심하는 것 같다.'라는 추측성 말을 했다.

한참 고민하던 천호령 회장은 직접 대통령을 떠보기로 했다.

천호령 회장에겐 시간이 많이 남아 있지 않았다.

대통령의 반응에 따라 계획을 바꿔야 했다.

생각을 정리한 천호령 회장이 시선을 들어 오명성 대통령을 바라봤다. 그리고 천천히 입을 열었다.

"우리가 약속한 건 언제쯤 실행하실 생각입니까?"

오명성 대통령의 입꼬리가 말려 올라갔다.

"약속한 거요? 우리가 언제 약속한 게 있습니까?"

천호령 회장이 작게 한숨을 내쉬었다.

"폭력 시위를 힘으로 제압하셔야 하지 않습니까?"

"내가 왜요?"

"……!"

"내가 왜 힘으로 시위를 제압해야 합니까?"

천호령 회장의 표정엔 변화가 없었다.

그는 천천히 찻잔을 들며 가만히 오명성 대통령을 바라볼 뿐이다.

그 눈빛을 마주한 오명성 대통령이 한숨을 내쉬며 말했다.

"천호령 회장님, 제가 그렇게 멍청해 보였습니까? 바보 같아 보였습니까?"

"……."

"진규학 의원을 통해 국회를 움직이고 있더군요. 이유는 나를 압박하기 위해서라지요?"

천호령 회장의 표정은 변화가 없다.

오명성 대통령이 계속해서 말했다.

"천호령 회장님, 회장님은 자신을 공격하는 사람과 손을 잡을 수 있습니까?"

역시 천호령 회장의 표정엔 변화가 없었다.

오명성 대통령이 고개를 저으며 말했다.

"저는 잡을 수 없습니다. 그러니까 그만하세요. 우리는 안 됩니다."

"······."

"회장님이 서울에 뿌려 둔 시위대는 하루빨리 치웠으면 좋겠습니다."

천호령 회장이 고개를 끄덕였다.

"예전에 말씀드리지 않았나요? 시위대는 내 손을 떠났다고 말했던 것 같은데요."

오명성 대통령이 피식 미소 지었다.

"끝까지 바보로 알고 있네."

"······."

"사고 현장에 나타난 스키드 마크, 국산 차였습니다."

"······."

"사건은 재구성하고 있습니다. 범인이 누군지 몰라도 얼마 걸리지 않을 것으로 예상합니다. 길가에 있는 모든 CCTV와 차량에 설치된 블랙박스를 확인하고 있으니까요."

천호령 회장이 고개를 저었다.

"마치 저를 의심하는 것 같습니다."

오명성 대통령이 비릿하게 미소 지었다.

"아뇨, 의심하지 않습니다. 그 누구도 의심하지 않아요.

백지에서 시작하고 있으니까요."

오명성 대통령이 손목을 들어 시간을 확인하며 말했다.

"제가 천호령 회장님께 선물 하나 준비했습니다. 월요일에 갈 텐데, 마음에 드셨으면 합니다."

"……."

"택배는 아니고요. 국세청에서 찾아갈 겁니다."

"……!"

"제왕 그룹이 조사받은 지 오래됐죠? 한 번씩은 조사를 받아야 건강한 기업이 되는 겁니다."

천호령 회장이 고개를 끄덕였다.

"우리 회사 생각도 해 주시고, 역시 대통령님밖에 없습니다. 고맙습니다."

"별말씀을요."

천호령 회장이 찻잔을 들었다. 그리고 말했다.

"저도 한 말씀 드리겠습니다. 지금 병원에 계신 아드님이 의식을 찾지도 못했는데, 뒷말이 들려오고 있습니다. 한 달에 1천만 원 가까이 돈을 쓰고 다녔다던데요. 정말입니까?"

오명성 대통령의 눈살이 찌푸려졌다.

천호령 회장이 계속해서 말했다.

"내일부터 그 일에 대해 언론에서 대대적으로 보도할 모양입니다. 당연히 거짓말일 테니까, 보도되는 즉시 허위 사실로 고소하십시오. 대학생이 한 달에 1천만 원씩 쓰고 다닌다니, 그게 말이 됩니까?"

오명성 대통령이 입을 꽉 다물었다.

천호령 회장이 말을 이었다.

"전 대통령님을 믿습니다. 암요, 누구보다 더 청렴하신 분인데요."

"지금 해보자는 겁니까?"

"먼저 시작한 건 대통령님입니다."

오명성 대통령이 한숨을 내쉬며 고개를 저었다.

"천호령 회장, 내 아들을 사고 낸 건 당신 쪽입니다."

천호령 회장이 피식 웃었다.

"의심하지 않는다면서요? 증거가 있으면 교통사고 뺑소니로 잡아가지, 왜 애꿎은 회사를 조사할까요?"

오명성 대통령이 천호령 회장을 노려봤다.

천호령 회장은 빙긋이 미소를 그리며 말을 이었다.

"아들은 시작입니다. 대통령님의 주변에 내 돈 안 먹은 사람 없어요. 사돈의 팔촌 모두가 내 돈을 먹고 있어요."

"뭐요?"

"싸움을 걸면 어느 쪽이 더 불리할까요? 정치 보복에 당하는 건실한 그룹이 불리할까요? 돈 먹고 부패한 권력이 불리할까요?"

오명성 대통령의 눈동자는 떨리고 있었고, 천호령 회장의 입꼬리가 말려 올라갔다.

Chapter 3

다음 날.

경기도 외곽에 있는 조용한 전통 찻집이었다.

희우는 오명성 대통령의 비서와 마주 앉아 있었다.

비서가 손목을 들어 시간을 확인한 희우에게 시선을 향했다.

"한 시간 정도면 되겠습니까?"

희우가 가볍게 고개를 끄덕였다.

"그 정도면 충분할 것 같네요."

"무슨 일로 보자고 하신 거죠?"

비서는 대화를 서두르고 있었다.

아무래도 오명성 대통령 몰래 나온 모양이다.

희우가 입을 열었다.

"좋아요. 우리가 안부 묻고 지낼 사이는 아니네요. 바로 본론으로 들어가겠습니다. 어제 오명성 대통령님과 천호령 회장님이 만났다면서요?"

비서의 눈이 찌푸려졌다.

두 사람의 만남은 비공개였다.

청와대 내에서도 극소수만 알고 있는 일이다.

희우가 알 수는 없었다.

"어떻게 알았습니까?"

"그건 영업 비밀입니다."

희우는 빙긋 웃으며 찻잔을 들어 입에 댔다. 그리고 천천히 말을 이었다.

"제가 알고 싶은 건 결론입니다. 오명성 대통령과 천호령 회장은 어떤 결론을 매듭지었습니까?"

"……!"

"오명성 대통령이 꼬리를 말았습니까?"

비서는 대답하지 않았다.

하지만 표정까지 숨길 수는 없었다.

그의 눈동자는 떨리고 있었다.

희우는 그 순간의 표정 변화를 놓치지 않았다.

그의 입꼬리가 천천히 말려 올라갔다.

오명성 대통령과 천호령 회장의 만남은 희우의 예상대로 흘러갔다. 오명성 대통령이 천호령 회장을 찍어 누르려 했지만 무리였다.

아마도 자존심만 상한 채 자리에서 일어났을 가능성이 높다. 다시 기세는 천호령 회장이 잡았을 거다.

하지만 기세만 잡았을 뿐이다.

두 사람의 사이는 더욱 파국으로 향하고 있었다.

생각을 마친 희우는 천천히 고개를 끄덕였다.

그리고 앞에 앉아 있는 비서를 바라봤다.

이제 또 하나의 씨앗을 심을 차례다.

희우가 말했다.

"대통령님께 들켰다는 이야기를 들었습니다."

"네?"

뜬금없는 말에 비서의 눈이 찌푸려졌다.

희우가 아무렇지도 않은 척 말을 이었다.

"천호령 회장에게 뒷돈을 받았다면서요?"

"김희우 의원님, 무슨 소리를 하는 겁니까?"

낮지만 강한 목소리가 비서의 입에서 흘렀다.

희우는 고개를 저었다.

"그럼 천호령 회장과 손잡고 있는 걸 아직 들키지 않았습니까?"

비서는 대답하지 않았다.

희우가 눈을 깜빡이며 다시 말했다.

"그럼 제가 잘못 알고 있었나 봅니다. 전 당연히 대통령님도 눈치챘을 줄 알았는데요."

비서의 미간이 찌푸려졌다.

아닌 척하고 있지만 희우의 말은 사실이었다.

비서는 천호령 회장에게 돈을 받았다.

그리고 지금 오명성 대통령은 비서를 의심하고 있었다.

물론 대통령이 비서를 의심하게 한 사람이 앞에 앉은 희우지만 그는 전혀 모르고 있었다.

비서는 고개를 저었다.

입이 바짝바짝 마르는 게 느껴졌다.

그는 찻잔을 들어 입안을 적셨다. 그리고 찻잔을 입에 댄채 눈동자만 올려 희우를 바라봤다.

희우는 웃고만 있다. 무슨 꿍꿍이인지 알 수 없었다.

비서는 찻잔을 테이블에 내려 두며 애써 미소 지었다. 그리고 말했다.

"무슨 말씀을 하시는 건지……."

희우가 피식 웃었다. 그리고 말했다.

"아시잖아요? 모른 척하시는 겁니까?"

비서가 고개를 저었다.

"죄송합니다. 무슨 말씀을 하시는 건지 모르겠습니다."

비서는 끝까지 발뺌했다.

하지만 그의 표정엔 감정이 드러나고 있었다.

희우의 입가에 비릿한 미소가 걸렸다.

어게인
마이라이프
SEASON2

상대를 궁지에 몰았다.

그럼 이제 퇴로를 보여 줘야 한다.

어둠 속에 갇힌 비서에게 한 줄기 빛을 쐬게 해 줘야 했다.

희우가 천천히 입을 열었다.

"누가 이길 것 같습니까?"

비서는 무슨 말인지 이해하지 못하고 눈만 깜빡였다.

희우가 다시 자세히 말했다.

"천호령 회장과 오명성 대통령요. 싸우면 누가 이길 것 같습니까?"

"싸우면요?"

희우가 슬쩍 웃었다.

"천호령 회장과 오명성 대통령의 싸움은 초등학생의 다툼이 아니에요. 두 거인의 싸움입니다. 힘겨루기가 오래되면 힘들어지는 건 국민이죠."

"……!"

"비서님은 그걸 지켜보기만 하겠습니까?"

가만히 입을 닫은 비서를 보며 희우가 고개를 저었다. 그리고 다시 물었다.

"두 거인에게 정의가 있는 것 같습니까?"

비서의 입에서 한숨이 흘렀다.

오명성 대통령과 천호령 회장의 싸움에 정의는 없다.

그렇다고 국가관이나 국민을 위한다는 거창한 목적도 보

이지 않는다.

그들의 싸움은 순전히 개인적인 이유다.

비서가 가만히 생각에 빠져 있자 희우가 계속 말했다.

"비서님도 나랏일을 하는 분입니다. 세금으로 월급 받았으면 나라를 위해 한 번쯤을 일을 해 봐야 하지 않습니까?"

비서가 가만히 희우를 바라봤다.

희우가 말했다.

"비서님은 어느 쪽에 서겠습니까?"

"……?"

"대통령과 천호령 회장의 싸움이 본격화되면 힘들어지는 건 국민입니다. 하지만 비서님께 국민을 위해 일을 하라는 거창한 말은 하지 않겠습니다."

희우의 말이 이어지며 비서는 눈을 깜빡였다.

도대체 희우가 어떤 말을 할지 예상하지 못하는 것 같았다.

희우가 천천히 말을 이었다.

"박쥐의 결말은 어느 곳에서도 환영받지 못하고 쫓겨나는 겁니다."

유리한 쪽으로 붙으며 왔다 갔다 하는 사람을 박쥐에 비유하기도 한다.

희우의 눈동자가 비서를 향했다.

"결정하세요. 어느 쪽에 서겠습니까?"

비서가 떨리는 목소리로 물었다.

"그, 그걸 제가 왜 김희우 의원님께 이야기해야 합니까?"

"제가 도와 드릴 거니까요."

"……!"

"비서님이 살 수 있는 방법을 알려 줄 수 있으니까요."

비서가 입술을 꽉 깨물었다.

희우가 비릿하게 미소 지으며 말을 이었다.

"대통령님은 비서님을 의심하고 있습니다. 아직은 의심뿐이지만 확신을 갖는 건 시간문제라고 생각합니다."

희우는 입이 마른지 찻잔을 들어 차를 마셨다.

그리고 계속 말을 이었다.

"천호령 회장은 비서님을 보듬어 주지 않을 겁니다. 어차피 천호령 회장과 비서님의 사이엔 신뢰가 아니라 돈이 있었을 뿐이죠."

희우는 찻잔을 테이블에 내려 뒀다.

달칵 소리만 들린다.

두 사람의 사이는 적막했다.

잠시 어떤 말도 없었다.

그리고 비서의 입에서 무거운 한숨이 흐를 때, 희우가 툭 던지듯 말했다.

"전 지금 상황만 보면 비서님이 대통령님의 옆에 서는 게 좋지 않을까 생각합니다."

비서는 끄음, 소리만 냈다.

다른 말은 하지 못했다.

희우가 계속 입을 열었다.

"원하신다면 대통령님의 옆에 있을 방법을 가르쳐 드릴 수 있습니다."

비서는 잠시 눈을 감았다.

희우는 그를 바라보며 짙은 미소를 짓고 있었다.

잠시의 적막이 지나고 비서가 눈을 떴다.

희우가 천천히 입을 열었다.

"어떻게 하시겠습니까?"

비서가 고개를 끄덕였다.

"김희우 의원님의 이야기를 들어 보고 싶습니다."

그때 드르륵, 미닫이문이 열렸다.

들어온 사람은 서도웅이었다.

비서가 눈을 껌벅거리며 갑자기 들어온 서도웅을 바라봤다.

희우가 웃으며 말했다.

"제 사무실에서 함께 일하는 친구입니다."

서도웅은 말없이 두 사람의 옆에 무릎을 꿇고 앉아 가방에서 서류를 꺼냈다. 그리고 비서의 앞에 내려 뒀다.

비서의 시선이 서류로 향했을 때, 희우가 말했다.

"가지고 가세요. 천호령 회장님의 간지러운 곳입니다."

"이걸 어떻게 하라는 거죠?"

희우가 활짝 웃으며 말했다.

어게인
마이라이프
SEASON2

"대통령님께 전해 드려야죠. 대통령님이 비서님을 의심할 때마다 하나씩 꺼내서 드리는 겁니다."

희우가 가지고 온 서류는 얼마 전, 천유성 대표에게 받은 천호령 회장의 비리였다.

비서가 가만히 서류를 보며 고개를 끄덕거렸다.

"알겠습니다."

희우가 다시 입을 열었다.

"그리고 노파심에서 한 말씀 드리겠습니다."

서류를 바라보던 비서의 눈동자가 희우에게 향했다.

희우의 시선을 서도웅을 보고 있었다.

서도웅이 가방에서 또 하나의 서류를 꺼내 테이블에 올렸다.

비서의 시선이 새로 꺼내 든 서류로 향했다. 그리고 그의 눈이 커졌다.

희우가 말했다.

"아드님이 한국 국적을 포기하고 군대에 안 갔더라고요."

"······!"

"사모님은 차명으로 된 빌딩을 관리하고 계시네요."

"······!"

"그리고 이건 좀 저도 놀랐네요. 뭐, 이렇게 해외에 은닉해 둔 재산이 많으세요?"

비서가 입을 꽉 깨물었다. 그리고 희우를 바라봤다.

희우가 또 다른 서류를 펼치며 입을 열려 할 때, 비서가 먼저 말했다.

"지금 무슨 말을 하고 싶은 겁니까?"

희우가 빙긋이 미소를 그렸다.

"다른 생각 하지 말고 대통령님께 충성을 다하세요. 그리고 최선을 다해 천호령 회장과 부딪히세요."

희우가 손가락을 들어 자신의 머리를 가리키며 말을 이었다.

"지금 마음 한편에서는 계속 갈팡질팡하고 있는 거 알아요. '대통령의 편을 들었다가 천호령 회장이 뇌물 준 걸 폭로하면 어떻게 하지?'라는 생각을 하고 있죠? 아마 제가 준 서류를 공개하다 보면 천호령 회장은 비서님을 공격하려 할 겁니다."

"……."

"그때 생각하세요. 뇌물 받은 게 타격이 클까, 아니면 김희우라는 놈이 가지고 온 이 죄가 밝혀지는 게 타격이 클까?"

"……."

"대통령님이 천호령 회장님과의 싸움에서 이긴다면, 비서님의 뇌물죄야 어떻게 얼버무려 줄 수도 있겠네요. 그런데 제가 가지고 온 죄는 아무리 대통령님이라 해도 얼버무리기 힘들 겁니다."

서도웅이 운전을 하고 있었다.

뒷좌석에는 희우가 앉아 있는 게 보였다.

서도웅이 힐끔 백미러를 보며 물었다.

"김희우 의원님, 궁금한 게 있어요."

뒷자리에 앉아 신문을 보던 희우가 눈동자만 들어 서도웅을 향했다.

"어떤 거?"

"천호령 회장과의 싸움이 끝나면 비서는 가만히 둘 건가요?"

"무슨 말이야?"

"마음에 안 들어서요. 앞에서는 국가를 위해 일한다고 하면서 뒤로는 아들 병역 면제에 해외 재산 은닉."

희우가 슬쩍 웃었다. 그리고 말했다.

"걱정하지 마. 저 비서의 끝은 좋지 않을 거니까."

희우는 다시 신문으로 시선을 향했다.

백미러로 희우를 슬쩍 본 서도웅이 씨익 미소를 그렸다.

하늘에서 하얀 눈이 내리며 세상은 다시 옷을 갈아입고 있었다.

눈이 녹고 찬 바람이 불어온다.

그렇게 다시 새로운 한 해가 시작되었다.

사람들은 저마다 새해에 대한 희망을 꿈꿨다.

작심삼일이라고 하지만 새해의 목표도 새겼다.

'새로운 한 해는 다르겠지.'라는 긍정적인 마음을 가지며 새해를 맞이했다.

그리고 희우는 운전을 하고 있었다.

큰 도로는 눈이 녹아 잘 달릴 수 있지만 지금 희우가 이동하는 곳은 큰 도로가 아니다.

건물과 건물로 응달이 많은 좁은 도로다.

눈이 녹다가 얼어붙어 빙판이 된 길이라 살살 움직여야 한다.

희우는 적당한 곳에 차를 댔다.

그리고 차에서 내려 시선을 들었다.

그의 눈에 보이는 건 상만이 사 두었던 건물이었다.

그 건물에는 조진석과 검은 양복의 부하들이 있었다.

희우가 건물 안으로 들어갔다.

비어 있던 공간이다.

하지만 지금은 다르다.

책상과 의자도 가져다 두고 어느새 사무실의 분위기가 물씬 흐르고 있었다.

희우가 슬쩍 웃으며 말했다.

"많이 바뀌었네요."

책상에 앉아 있던 조진석이 자리에서 일어나 희우의 앞으로 걸어왔다.

"김희우 의원님 덕분에 준비를 잘 마칠 수 있었습니다."

희우가 고개를 끄덕이며 물었다.

"언제 시작할 겁니까?"

"일주일 후를 생각하고 있습니다."

희우가 고개를 끄덕였다.

"제가 도와줄 일은요?"

"미끼 하나만 만들어 주십시오."

"미끼요?"

"사무실은 보안이 철저합니다. 평소보다 더 삼엄할 겁니다. 제가 빠졌고 2인자였던 김성호가 빠졌습니다. 지금 신지혁이가 자리를 잡고 있다 해도 불만이 있는 놈들이 많죠."

"……."

"언제 배신이 일어날지 모르니 보안은 철저히 하고 있을 겁니다."

희우가 슬쩍 웃었다.

"보안을 철저히 하다니, 사무실에 금덩이라도 숨겨 뒀습니까?"

조진석이 고개를 저었다.

"더 중요한 게 있죠. 조직의 재산을 좌지우지할 수 있는 카드가 있으니까요."

"……!"

"우리 같은 조직은 의리로 이뤄진 게 아닙니다. 오로지 돈과 이득이죠. 그러니까 그 카드는 조선 시대 왕의 옥새 같은 우리 조직의 상징입니다."

희우가 피식 웃었다.

"알겠습니다. 놈들이 옥새를 지키기 위해 보안이 삼엄하다고 치고 제가 어떻게 미끼를 던졌으면 좋겠습니까?"

조진석이 이야기를 시작했다.

"김희우 의원님의 얼굴은 잘 알고 있습니다. 우리 건물 주변에서 어슬렁거리기만 해도 바짝 긴장할 겁니다."

"그리고요?"

"주변에 사복 경찰처럼 보이도록 몇 명을 심어 주십시오. 놈들이 동요하고 중요한 것을 빼돌리려 할 때, 우리가 치겠습니다."

희우가 고개를 끄덕였다.

하지만 이야기만 들어서는 이해하기가 어려웠다.

희우가 시선을 돌려 조진석을 보며 말했다.

"일단 현장에 가 볼까요? 직접 가서 둘러보며 이야기해 보죠."

희우와 조진석은 모자를 눌러쓴 채 서울 외곽 주택단지에 있었다.

아니, 이곳은 주택단지에서도 한참 들어와 유동 인구가 거의 보이지 않는 외진 곳이다. 건물 몇 개가 보이기는 하지만 사람이 없어 을씨년스럽게 느껴졌다.

희우의 시선이 조진석이 가리킨 4층 건물로 향했다.

밖에서 보기엔 다른 건물과 크게 달라 보이는 게 없었다.

조진석이 말했다.

"저 건물이 제가 있던 사무실입니다."

희우는 가만히 1층으로 시선을 향했다.

조진석이 다시 입을 열었다.

"1층은 일반 편의점과 호프집입니다. 저곳은 우리 조직과는 전혀 상관이 없습니다."

"유동 인구가 없는데 장사가 되나요?"

조진석이 슬쩍 웃었다.

"장사는 노름꾼들에게만 팔아도 충분하죠."

"노름꾼요?"

조진석이 고개를 끄덕였다. 그리고 계속 말했다.

"2층에는 점집이 있습니다. 하지만 표면상 점집일 뿐입니다. 앉아 있는 무당은 제가 심어 둔 사기꾼이에요."

"하는 일은?"

"마약입니다."

희우의 눈이 찌푸려졌다.

조진석이 계속 말했다.

"불상을 뒤집어 보면 빈 공간이 있는데 그곳에 마약을 숨겨 두고 있습니다. 공급은 노름꾼들에게 하고 있습니다."

희우가 고개를 저었다.

"서울 한복판에서 대단한 일을 벌이고 있었군요."

조진석이 계속 말했다.

"3층은 공실입니다. 하지만 겉으로 보기에만 공실입니다. 아직 철거하지 않은 척 칸막이를 설치해 두고 밖에서 내부를 볼 수 없게 막아 뒀으니까요."

"안에 뭐가 있죠?"

"당연히 도박장입니다. 판은 크지 않습니다. 빅 게임이라 해도 1억 이하입니다. 말씀하신 대로 서울 한복판인 만큼 위험은 최소화하고 있으니까요. 작지만 오랫동안 많이 먹는 게 저 도박장의 목표입니다."

조진석의 시선이 가장 위층으로 향했다. 그리고 그가 말을 이었다.

"4층은 제 사무실이 있던 곳입니다. 실질적으로 전국 점조직을 관리하는 곳이죠."

"한번 둘러봐도 되겠습니까?"

희우의 말에 조진석이 손목을 들어 시간을 확인했다. 그리고 고개를 끄덕였다.

"물론입니다. 단, 건물 안으로 들어가는 건 피하십시오. 당연하지만 낯선 사람이 오는 걸 병적으로 싫어하니까요."

희우는 모자를 다시 한 번 눌러쓰고 건물로 향했다.

조진석의 말대로 안으로 들어가진 않았다.

밖에서 건물을 바라봤을 뿐이다.

엘리베이터가 없는 4층 건물이다.

눈으로 보이는 출입구는 한 개.

가운데에 CCTV가 보인다.

놈들은 저 CCTV를 이용해 밖을 감시하고 있을 거다.

그렇게 건물을 한 바퀴 둘러본 희우는 다시 조진석의 앞으로 다가갔다.

"조진석 실장님, 경찰의 단속은 어떻게 피했습니까?"

"우리가 경찰에 내는 돈이 월에 얼마일 것 같습니까?"

뇌물을 주고 출동 사실을 사전에 파악한다는 말이다.

"하나 더 묻죠. 경찰에서 출동한다는 전화를 받아 본 적은 있습니까?"

조진석이 고개를 저었다.

"아뇨. 단속을 받아 본 적은 단 한 번도 없습니다."

희우가 조용히 웃었다.

"그럼 다행이네요."

"네?"

어떤 게 다행이라는지 조진석은 이해하기 어려웠다.

이번엔 희우가 손목을 들어 시간을 확인했다.

그리고 다시 입을 열었다.

"일주일 후에 일을 시작한다고 하셨죠?"

"네."

"그날을 잡은 이유는 뭔가요?"

조진석이 빙긋이 미소를 그렸다.

희우가 일하는 걸 보고 있으면 정말 꼼꼼했다.

방금도 건물을 둘러보며 바닥에 떨어진 전단지 하나까지 확인하는 모습을 봤다. 그리고 지금은 조진석이 왜 날을 그렇게 잡았는지 세세히 확인하고 있다.

어떻게 상대적으로 나이가 어린 희우가 쟁쟁한 국회의원들이나 재력가들을 손바닥 위에 올려놓을 수 있었는지 이제야 조금 알 것 같았다.

조진석이 말했다.

"그날이 제 생일입니다. 어쩐지 좋은 일이 있을 것 같지 않나요?"

희우가 고개를 끄덕였다.

"좋은 일이 있을 것 같네요."

잠시 후, 김희우와 조진석은 커피숍에 마주 앉았다.

조진석이 커피 잔을 들며 희우를 바라봤다.

건물에 다녀온 후부터 희우는 말없이 생각에 빠져 있었다.

무엇을 생각하는지 고심하는 게 눈에 보일 정도였다.

희우를 물끄러미 보던 조진석이 커피 잔을 입에 댄 후 말했다.

"김희우 의원님과 저는 참으로 묘한 인연 같습니다."

희우가 눈동자만 들어 조진석을 바라봤다.

조진석이 계속 말했다.

"아실지 모르지만 저는 김희우 의원님이 제왕 그룹에 적대 선언을 했을 때부터 처리해야 한다고 계속 주장했습니다."

"……."

"김희우 의원이 무서웠거든요."

희우가 피식 웃었다.

조진석이 계속 말했다.

"그런데 김희우 의원님은 우리 아버지의 마지막을 지켜봤습니다. 어쩌면 내 인생의 마지막 생일을 축하해 주는 사람이 될 수도 있겠네요."

조진석은 일주일 후, 자신의 옛 조직이었던 곳을 공격하러 간다.

쉽지 않은 싸움이다.

신지혁은 배신의 정당성을 더하기 위해 물러서지 않고 처절하게 싸울 게 분명했다. 그 싸움에서 조진석은 자신이 살아서 돌아올 수 있을지 확신할 수 없었다.

희우가 커피 잔을 테이블 위에 내려 뒀다. 그리고 조진석을 보며 말했다.

"그런데 생일에 다치거나 죽을 이유가 있나요?"

"네?"

"다른 방법이 있다면 어떻게 하시겠습니까?"

"다른 방법요?"

희우가 고개를 끄덕였다.

"그곳에 개구멍은 있습니까?"

"개구멍요?"

"이렇게 표현하면 죄송하지만, 영화나 드라마를 보면 악당들이 마지막에 도망가기 위해 만들어 놓은 뒷문이 꼭 존재하잖아요? 그런 개구멍이 있는지 여쭙는 겁니다."

조진석이 고개를 끄덕였다.

"개구멍이라고 할 것은 없지만 뒷문은 있습니다. 건물에서 불법 도박이 열리고 있으니 경찰이 들어왔을 때 도망갈 공간은 확보해야죠. 그런데 어떤 방법이라도 있습니까?"

희우는 잠시 말이 없었다.

그는 다시 생각에 빠졌다.

한참 후 찻잔을 들어 입안을 적신 희우가 다시 조진석을 바라봤다.

"저도 지금 막 생각한 계획이기 때문에 아무래도 위험성은 있습니다. 몇 명은 다칠 수도 있겠네요. 하지만 불나방처럼 뛰어드는 것보단 좋을 겁니다."

"어떻게 하자는 겁니까?"

"공권력을 이용해야죠."

조진석이 눈살을 찌푸렸다. 그리고 고개를 저었다.

"그때 말씀드리지 않았나요? 공권력이 움직이면 사전에 연락이 옵니다. 단 2분이면 사무실은 비워질 겁니다."

"그것도 괜찮고요."

"……?"

"속된 말로 빈집털이라고 하나요? 들어가서 조진석 실장님이 필요한 물건만 챙겨 오면 되잖아요."

조진석이 고개를 저었다.

"다 가지고 도망갈 겁니다."

"개구멍으로요?"

"네."

"개구멍은 좁지 않나요? 도박하던 사람과 건물에 있던 조직원이 모두 한 번에 도망칠 정도로 넓은 공간인가요?"

조진석이 눈을 깜빡였다.

"설마?"

"네, 그 설마입니다. 말씀드렸잖아요. 위험할 수도 있다고요. 아무래도 싸움은 피할 수 없을 겁니다."

"……!"

"경찰이 정문으로 들어오고 도박장의 손님들은 겁이 나서 도망가고, 개구멍이 참 우왕좌왕 난리가 나겠어요."

조진석이 멍하니 고개를 끄덕였다.

희우가 말을 이었다.

"내친 김에 불도 지를까요?"

"불요?"

"사이렌만 울리자는 겁니다. 밖에서 음악을 크게 틀어도 좋겠네요. 우왕좌왕한 상태에서 사이렌 울리고 음악 들리고."

조진석은 눈을 깜빡였다.

말만 들어도 정신이 없었다.

희우가 잔을 내려 두며 말했다.

"조진석 실장님은 개구멍으로 들어가는 겁니다. 정문은 경찰이 막아 주고 있을 테니까요."

조진석은 고개를 끄덕였다.

"확실히 위험성은 많이 낮아지겠네요."

"더 안전한 방법도 있습니다."

"더 안전한 방법요?"

희우의 입가에 엷은 미소가 떠올랐다.

"예전에 당한 것처럼, 조진석 실장님도 이용하세요."

"……!"

"아까 말씀하셨던 점조직의 약점이 무엇입니까? 조진석 실장님이 왜 여기까지 몰려야 합니까?"

조진석의 눈이 찌푸려졌다.

점조직의 약점.

그것은 충성심이 약하다는 거다.

군소 조직으로 흩어져 있으니 이들이 관계는 이득에 의한 계약 관계였을 뿐이다.

어게인
마이라이프
SEASON2

언제든 배신하고 배신당할 수 있었다,

희우가 말했다.

"배신자를 섭외해 두세요."

"배신자요?"

"경찰 또는 공권력과 연결된 사람이 있죠? 그 사람을 섭외하면 되겠네요. 경찰이 출동한다는 말을 들었지만 보고하지 않도록요."

조진석이 마른 입술을 혀로 적셨다.

희우가 계속 말했다.

"그리고 경찰이 들어왔을 때, 조직에서 가장 늦게 도망칠 사람."

"조직에서 가장 늦게 도망칠 사람요?"

희우가 가볍게 고개를 끄덕였다.

"뒤에서 뒤통수를 칠 사람요."

"......!"

"정문에선 경찰이 들어옵니다. 개구멍에선 조진석 실장님이 들어옵니다. 뒤에선 배신자가 뒤통수를 칩니다. 사이렌은 울리고, 손님들은 아우성이고. 지금 조직을 맡은 사람이 신지혁이라고 했나요? 그때 그 사람의 표정을 한번 보고 싶네요."

조진석은 어색하게 웃었다.

그는 지금 진정으로 희우가 무서웠다.

며칠 후, 서울의 고깃집.

미닫이문이 드르륵 열렸다.

문 앞에 서 있는 것은 곰 같은 덩치에 짧은 머리를 한 남자다.

그의 이름은 배순호. 조진석의 수하였던 사람이다.

배순호의 시선이 테이블에 앉아 있는 조진석에게 향했다.

조진석은 여유롭게 앉아 젓가락질하고 있었다.

배순호가 왔다는 것을 알고 있지만 시선을 주지 않고 고기를 한 점 들어 상추에 올리고 있을 뿐이다.

한 쌈을 싸서 입에 넣은 조진석은 소주잔을 들어 입에 댄 후에야 배순호에게 말했다.

"왔으면 앉아. 멀뚱히 보고 있지 말고."

배순호는 고개를 살짝 숙여 다시 한 번 예를 갖췄다.

그리고 미닫이문을 닫았다.

문이 닫히는 소리가 조용히 '탁' 하고 들려왔다.

배순호는 작게 한숨을 내쉰 후, 조진석의 맞은편에 가서 자리했다.

조진석이 말했다.

"왔으면 먹어."

하지만 배순호는 젓가락을 들 생각이 없었다.

그가 조진석을 똑바로 보며 입을 열었다.

"실장님, 서울에 계시면 위험합니다. 신지혁이가 지금 실장님을 쫓고 있습니다."

조진석은 알고 있었다는 듯 천천히 고개를 끄덕이며 소주병을 들었다. 그리고 자신의 잔을 채우며 말했다.

"내가 여기 있다는 걸 신지혁이에게 알리지 그랬어?"

황당한 말에 배순호는 미간을 찌푸렸다.

그리고 말했다.

"제가 왜 신지혁이에게 알려야 합니까?"

조진석은 천천히 고개를 끄덕였다. 그리고 잔을 들어 입에 댄 후 말했다.

"그래, 네가 신지혁이에게 알릴 이유는 없지."

서열 3위였던 신지혁과 4위인 배순호의 사이는 평소 좋지 않았다. 그런데 최근 신지혁이 우두머리의 자리에 앉았으니 배순호의 심기는 심하게 뒤틀려 있을 수밖에 없었다.

조진석은 그걸 알고 배순호에게 연락한 거다.

조진석이 낮은 목소리로 말했다.

"순호야, 부탁 하나만 하자."

배순호의 눈동자가 동그랗게 떠졌다. 그리고 가만히 조진석을 바라봤다.

조진석이 다시 자신의 빈 잔을 채우며 말했다.

"난 이번 일이 끝나면 자수하려고 해."

배순호의 미간이 더욱 찌푸려졌다.

"대통령의 아들 때문입니까?"

조진석이 피식 웃었다.

"대통령 아들을 교통사고 냈다고 자수하는 게 아니야."

"……."

"내가 아무리 나쁜 짓을 많이 한 놈이지만 남의 죄를 떠앉고 감옥에 갈 수는 없잖아?"

조진석이 술병을 들었다. 그리고 잔을 들어 입에 댄 후 계속 말했다.

"그런데 혼자 가긴 심심할 것 같아. 한 15년 있을 것 같은데, 말동무는 있어야 하지 않을까?"

배순호가 가만히 조진석을 바라봤다.

그는 지금 조진석이 무슨 말을 하고 있는 건지 예상하지 못했다.

조진석이 슬쩍 웃었다. 그리고 낮은 목소리로 툭 던지듯 말했다.

"신지혁이를 끌고 갈 거야."

배순호의 눈썹이 꿈틀거렸다.

조진석이 다시 한 번 입을 열었다.

"그럼 조직은 네 거야."

배순호는 긴장되는지 침을 꿀꺽 삼켰다.

그리고 모자랐는지 물컵에 물을 가득 채워 손에 들었다.

바짝 마른 입안을 적실 때, 조진석이 말을 이었다.

"우리가 아무리 잡놈이라 하더라도 요즘 일어나는 일을 보고 있으면 너무하다는 생각하지 않았어?"

"……?"

"내 바로 밑에 있던 김성호, 그놈은 천유성과 손잡아 나를 치려 했고, 그 밑에 있던 신지혁이는 천호령 회장님께 귀여움 한번 받아 보겠다고 꼬리를 흔들고 있어."

조진석의 말이 이어지고 있는 동안 배순호는 아무 말도 하지 않았다.

조진석은 시선을 배순호에게 향했다. 그리고 말없이 바라봤다.

배순호는 살기 어린 조진석의 눈빛을 피해 고개를 숙였다.

그때 조진석이 무겁게 입을 열었다.

"그놈의 권력이 뭔지 모르겠어. 조직의 위에 선다고 해서 좋을 게 있을까?"

조진석은 다시 말이 없었다.

잠시 멍하니 앉아 있던 그는 소주병을 들어 자신의 잔을 채웠다.

"쓸데없는 이야기는 그만하지. 내가 말동무 삼아 신지혁이를 끌고 들어가면 자연히 조직은 자네에게 갈 거야."

조진석의 맞은편에 앉아 있는 배순호의 주먹은 이미 흥분을 이기지 못하고 꽉 쥐여 있었다.

조진석이 계속 말했다.

"어쩔 수 없이 조직은 많이 휘청이겠지. 검찰이 나서고 천호령 회장이 날뛰면 절반 이상이 날아갈 수도 있어."

조진석이 말을 멈추고 배순호의 표정을 살피며 술병을 들어 다시 잔을 채웠다.

그리고 말했다.

"하지만 절반밖에 남지 않았다고 생각할 게 아니라 절반이나 남았다고 좋아해야 해. 우리 조직에 부는 이번 폭풍은 쉽게 멈추지 않을 거니까."

조진석은 잔을 들었다.

하지만 이번엔 마시지 않았다.

채워진 잔을 배순호의 앞에 내려 둘 뿐이다.

그리고 조진석은 아무 말도 하지 않았다.

그저 배순호를 바라보며 선택을 강요하고 있었다.

배순호는 고개를 살짝 숙여 자신의 앞에 놓인 잔을 바라봤다.

그의 눈빛은 복잡했다.

잔의 의미를 알고 있기 때문이다.

조진석이 건넨 잔을 마시면 조진석의 부탁을 들어주고 신지혁을 보낸다는 뜻이 된다. 그러면 절반의 조직을 손에 쥘 수 있다.

하지만 위험할 수도 있었다.

조진석이 방금 말한 태풍에 함께 휩쓸려 떠내려갈 가능성도 존재했다.

배순호는 깊게 한숨을 내쉬었다.

만약 조진석이 건넨 잔을 받지 않으면?

위험은 없다.

그저 지금처럼 살 수 있었다.

하지만 얻는 것 역시 없었다.

평생 이렇게 살아야 했다.

배순호의 입에서 작게 한숨이 흘렀다.

그리고 그는 결정을 마친 후, 잔을 들어 마셨다.

탁, 소리가 나도록 잔을 테이블에 내려 둔 배순호가 조진석을 보며 말했다.

"제가 무슨 일을 하면 됩니까?"

조진석의 입가에 맺힌 미소가 짙어지고 있었다.

그 시각.

희우는 민수 그리고 윤수련 검사와 함께 전통 찻집에 앉아 있었다.

희우가 윤수련 검사에게 말했다.

"조진석의 사무실에 카드가 있답니다."

희우는 지금 윤수련 검사와 며칠 후 시작될 조진석 사무실의 급습에 대한 계획을 세우는 중이었다.

윤수련 검사가 눈을 깜박이며 물었다.

"카드요?"

희우가 고개를 끄덕인 후 말했다.

"네, 조진석은 조직의 재산을 좌지우지할 수 있는 카드라고 했습니다. 그 정도의 자금 유통이 될 수 있는 카드라면 아무래도 제왕 그룹과 어떤 연관이 있지 않을까 하는 생각이 듭니다."

윤수련이 머리를 쓸어 넘기며 말했다.

"그러니까 그날 사무실을 급습할 때 카드를 찾으라는 거죠?"

희우가 슬쩍 웃으며 고개를 끄덕였다.

"그리고 USB가 있을 겁니다."

"USB요?"

"네, 김석훈이나 조진석의 말을 참고하자면 우리나라 인사들의 전반적인 비리가 들어 있는 모양입니다."

옆에서 가만히 듣고 있던 민수가 머리를 긁적이며 물었다.

"전반적인 비리?"

"네, 우스갯소리로 정치하는 양반이나 고위 공무원 중에 제왕 그룹 돈 안 받아먹어 본 사람 없다고 하잖아요. 그런 장부가 있지 않을까 하는데요."

민수가 묘하게 웃었다.

"흘흘흘, 실제로 공개되면 난리가 나겠네."

"충격이 몇 달은 가겠죠."

민수가 고개를 끄덕였다.

"좋아. 윤수련이가 할 일은 신호를 받으면 곧장 놈들의 사무실을 쳐서 증거를 잡아내는 거지?"

희우가 윤수련 검사를 슬쩍 본 후 답했다.

"네, 녀석들을 일망타진할 생각보다 증거를 손에 넣을 생각으로 움직여 주셨으면 해요."

두 마리 토끼를 쫓을 수는 없다. 지금은 하나에 몰입해야 할 때였다.

희우는 윤수련 검사에게 증거라는 명확한 목표를 지시했다.

민수가 머리를 긁적였다.

"윤수련이는 저걸 하면 되고, 난 왜 불렀어? 뭘 할까? 흘흘흘."

희우가 슬쩍 웃으며 입을 열려고 했다. 하지만 조진석에게 전화가 오는 바람에 말을 할 수가 없었다.

희우는 민수에게 잠깐 전화 좀 받고 오겠다는 말을 전한 후 자리에서 일어섰다.

미닫이문을 열고 찻집의 복도로 나간 희우가 통화 버튼을 눌렀다.

"네, 김희우입니다."

─방금 배순호를 만났습니다. 지금 신지혁의 바로 아래 서열입니다. 경찰들과 유대 관계를 맺고 있기도 하지요. 경찰에서 단속한다는 말이 들리면 가장 먼저 배준호에게 전화가

갈 겁니다.

희우가 고개를 끄덕였다.

"그래서요? 우리를 돕겠다고 하나요?"

ㅡ네, 흔쾌히 돕겠다고 했습니다.

배순호는 경찰과의 끈을 가지고 있는 사람이다.

그가 단속이 온다는 말만 다른 사람에게 전하지 않아도 이번 작전의 성공률은 크게 올라갈 수 있었다.

"고생하셨습니다."

희우는 전화를 끊었다.

잠시 후, 다시 방으로 들어간 희우가 자리에 앉으며 민수를 바라봤다.

민수가 말했다.

"자, 이제 내가 할 일을 이야기해 봐."

희우가 슬쩍 미소 지었다.

"법대로 한번 가죠. 대한민국 법이 누구에게나 평등하다는 걸 보여 주는 겁니다."

"법대로?"

"대통령과 천호령 회장의 사이가 안 좋잖아요."

"대통령을 등에 업고 천호령 회장의 집을 압수 수색하라는 거야?"

가볍게 던진 말인데, 민수는 알아들었다.

희우가 고개를 끄덕였다.

"네."

"난 자신 없다, 흘흘흘."

하지만 그의 얼굴은 자신 없다고 말한 것과 달리 몹시 즐거워 보였다.

그리고 약속의 날이 되었다.

원래는 조진석의 조직이었던 건물.

신지혁은 조진석의 책상을 차지하고 있었다.

거만하게 앉아 있는 그의 앞으로 얼마 전 조진석과 술을 마셨던 배순호가 보였다.

신지혁이 미간을 찌푸리며 말했다.

"조진석에 대해선 아직 소식 없어?"

"네, 아직 없습니다."

신지혁의 찌푸려졌던 미간은 이제 일그러지고 있었다.

"얼마나 걸릴 것 같아?"

"서울을 떠났다면 더 오래 걸릴 것 같습니다."

배순호는 신지혁의 질문에 원하는 답을 주지 않았다.

신지혁은 순간 치밀어 오른 분노를 참지 못하고 책상 위에 있는 재떨이를 손으로 잡아 던졌다.

쾅! 소리가 배순호의 옆에서 들려왔다.

신지혁이 충혈된 눈으로 말했다.

"잡아 와. 무슨 수를 써서든 이번 주 안으로 잡아 와. 오늘 아침에도 회장님께 전화가 왔어. 그러니까 잡아 오라고!"

비명에 가까운 목소리였다.

배순호가 고개를 끄덕거렸다.

"알겠습니다."

그리고 몸을 돌렸다.

신지혁의 사무실을 벗어난 배순호는 자신의 사무실로 걸어가 창밖을 내다봤다.

밖의 풍경은 조용하다.

가끔 길거리를 오가는 사람들의 발소리만 들릴 뿐이다.

배순호의 입가에 짙은 미소가 걸렸다.

그는 잠시 후면 평온한 거리에 경찰이 들이닥치고 뒤에서는 조진석이 달려들어 올 거라는 걸 알고 있었다.

빌어먹을 신지혁이 잡혀 들어가고 조직의 절반은 자신의 손에 들어온다.

생각만 해도 즐거웠다.

우우우웅.

잠시 생각하고 있을 때, 그의 핸드폰이 울렸다.

"네, 배순호입니다."

ㅡ나야.

조진석이었다. 그가 계속 말했다.

-새벽 2시.

전화가 끊겼다.

배순호의 입꼬리가 말려 올라갔다.

이제 시간도 결정되었다.

배순호는 새벽을 기다리고 있었다.

그리고 해가 떨어졌다.

한 명씩 오가던 사람도 거리엔 더 이상 보이지 않았다.

밤 10시.

11시.

12시.

새벽 1시.

그리고 새벽 1시 40분.

세상은 잠들어 있지만 불법 도박장은 한창일 시간이다.

그 시각, 건물에서 멀리 떨어지지 않은 곳에 검은색 승합 차가 멈춰 섰다.

그 안에는 조진석과 검은 양복의 수하들이 타고 있었다.

승합차에서 조진석이 내려 몸을 돌렸다.

또 다른 승합차들이 연이어 멈춰 서고 있었다.

조진석은 주차되는 차량을 지켜보며 입에 담배를 물었다.

그의 입에서 나온 뿌연 연기가 일렁이며 자동차의 헤드라 이트를 타고 흔들렸다.

주차된 차량에서 사람들이 내리기 시작했다.

그들은 조진석의 앞으로 걸어가 섰다.

"담배 피워도 되겠습니까?"

조진석이 고개를 끄덕이자 질문했던 남자는 품에서 담배를 꺼내 입에 물었다.

그렇게 모인 사람들의 숫자가 쉰 명에 가까웠다.

검은 양복의 수하가 약 스무 명, 배순호가 돈을 주고 구해 준 사람들이 서른 명 정도다.

잠시 후, 거친 싸움을 해야 하는 그들은 입에서 담배 연기를 내뿜으며 긴장을 완화시키고 있었다.

조진석도 마찬가지다.

깊게 연기를 들이마시며 자신의 앞에 선 사람들을 둘러봤다.

덩치도 크고 험상궂은 인물들이다.

그들의 얼굴을 하나하나 보던 조진석의 입가에 자신도 모르게 쓰린 미소가 걸렸다.

조진석은 한때, 수많은 부하를 거닐고 있었다. 아니, 불과 며칠 전만 해도 거대 조직의 수장이었다.

하지만 지금 그는 아무것도 없다.

자신의 앞에 선 사람 중에 부하라고 부를 만한 사람도 없었다.

이들은 모두 돈을 위해 또는 어떤 이득을 위해 앞에 선 사람이다.

이 싸움이 끝나면 서로 마주할 이유가 없었다.

조진석의 입에서 가볍게 한숨이 흘러나왔다.

이제 그는 이제 자신의 앞에 선 사람들과 함께 자신이 만든 조직을 부숴야 한다.

그의 입에서 흐린 담배 연기가 흘러나왔다.

그리고 고개를 들어 자신의 앞을 바라봤다.

"그만 가지."

조진석은 몸을 돌렸다. 그리고 도로를 걷기 시작했다.

쉰 명에 가까운 사람들이 그의 뒤를 따랐다.

조진석의 귓가에 저벅거리며 따라오는 남자들의 발소리가 들려왔다.

조진석의 조직이 있는 건물.

조진석과 미리 만나 계획을 함께했던 배순호는 창가를 보고 있었다.

그의 눈에 조진석과 일당은 보이지 않았다.

하지만 다른 것이 보였다.

바로 건물 앞 전봇대에 등을 기대고 있거나 거리를 돌아다니는 사람들이다.

그런 사람이 열 명 가까이 눈에 들어왔다.

후미진 곳이었기에 이 시간까지 돌아다니는 사람은 흔치

않았다. 아니, 이 시간에 열 명이나 보이는 건 처음 봤다고 해도 과언이 아니었다.

'그럼 저들은?'

배순호의 입가에 비릿한 미소가 걸렸다.

당연하지만 경찰 끄나풀들이다.

배순호는 손가락으로 톡톡톡 창틀을 치며 다시 건물 앞을 배회하는 사람들을 바라봤다. 그러면서 머릿속으로는 조진석이 했던 말을 떠올리며 낮은 목소리로 중얼거렸다.

"경찰에게 연락이 와도 신지혁에게 알리지 말라고?"

그때 신지혁의 핸드폰이 진동을 울렸다.

단속이 올 때를 대비해 뇌물을 먹인 경찰에게 온 전화였다.

배순호가 하는 역할이 경찰과의 끈을 돈독히 하는 것이었기에 그에게 전화가 오고 있었다.

하지만 배순호는 전화를 받지 않았다.

다른 버튼을 눌러 울리는 벨을 조용히 만들 뿐이었다.

배순호는 조용해진 핸드폰을 주머니에 집어넣으며 다시 창문 아래를 바라봤다.

"그럼 이제 경찰이 습격하기를 기다리면 되나?"

그 시각.

희우는 서울이 내려다보이는 건물의 옥상에 있었다.

천하 그룹 사옥의 옥상이었다.

그는 시선을 내려 서울의 복잡한 도로를 바라봤다.

늦은 밤, 아니 새벽이었지만 도로에는 적지 않은 차량이 움직이고 있었다.

그때 조진석으로부터 전화가 걸려 왔다.

희우는 핸드폰을 들어 귀에 댔다.

ㅡ준비는 끝났습니다.

희우가 천천히 고개를 끄덕였다. 그리고 말했다.

"특이한 사항은 없습니까?"

ㅡ없네요. 김희우 의원님의 계획대로 모든 게 잘 흘러가고 있습니다.

"다행이네요."

ㅡ그럼 끊겠습니다.

"생일 축하합니다."

뜬금없는 말에 수화기 너머에서 조진석이 피식 웃는 소리가 들렸다. 그리고 그가 말했다.

ㅡ감사합니다. 생일이네요.

"그때 말씀드렸지만 생일에 위험한 일을 할 필요는 없습니다. 적당히 하다가 뒤로 빠지세요. 그럼 경찰이 알아서 뒷일을 수습할 겁니다. 욕심만 버리시면 됩니다."

조진석의 입에서 한숨이 흘렀다.

-네, 알겠습니다. 욕심을 버리겠습니다.

"그럼 나중에 뵙겠습니다. 몸조심하십시오."

희우는 전화를 끊고 다시 가만히 서울의 밤을 내려다봤다. 하지만 잠시였다.

그의 핸드폰은 다시 울렸다. 이번엔 민수였다.

-우리도 준비 끝났다. 새벽 2시에 재벌 회장 집을 압수 수색하는 건 역사에 남을 일이야, 흘흘흘.

"고생하십니다."

희우는 민수와의 전화를 끊었다. 그리고 몸을 돌렸다.

이곳에 남아 하염없이 서울의 거리를 지켜보기만 할 수는 없었다. 이제는 희우도 움직여야 할 시간이었다.

그가 옥상을 가로질러 가는 발소리가 저벅저벅 들려왔다.

희우의 전화는 한 번 더 울렸다.

천시현의 목소리가 흘러나왔다.

-정말 도와줄 수 있는 거죠?

"네. 돕겠습니다. 최선을 다해 막아 보도록 하겠습니다."

-그럼, 알겠어요.

천시현과의 전화를 끊은 희우의 눈빛은 차갑게 내려앉았다.

그가 다시 전화기를 들었다.

"한 시간 후에 동생분을 보내겠습니다. 잘 부탁드립니다."

이번엔 천유성 대표의 목소리가 들려왔다.

"기다리지."

희우는 전화를 끊고 품에 넣었다.

이번 계획을 세우며 희우는 천시현 그리고 천유성 대표에게 도움을 청했다.

두 사람이 희우를 돕는 대신 천시현에게는 김석훈을 막아준다고 말했고, 천유성 대표에게는 회장 자리를 약속했다.

최악의 상황에 이른다면 천호령 회장이 그대로 구속까지 이어질 수도 있는 일이었지만 천시현과 천유성 대표에게 망설임은 없었다.

자신에게 이득이 된다고 하자 생각조차 하지 않고 바로 희우의 계획을 따르기로 했다.

천호령 회장은 그들의 부모였다.

그들은 부모를 버리고 이득을 따르기로 했다.

희우의 입에서 낮게 한숨이 흘렀다.

그는 걸음을 멈추고 고개를 돌렸다.

그의 눈에 다시 서울의 밤거리가 들어왔다.

어두운 밤인데도 세상은 어둡지 않다.

밤새 달리는 자동차와 전광판으로 훤히 밝혀지고 있었다.

서울의 밤을 저렇게 만드는 데 일조한 사람이 바로 천호령 회장이다.

천호령 회장은 가난했던 대한민국의 미래를 위해 발 벗고 뛰었던 한 사람이었다.

하지만 지금은 서울의 불빛을 독점하려고 하는 욕심 많은 노인네일 뿐이다.

희우가 낮은 목소리로 중얼거렸다.

"욕심이 과했어요. 아들딸까지 당신의 곁을 떠났습니다."

이제 희우는 옥상을 벗어나기 위해 계단을 내려가고 있었다.

계단을 내려가는 복도에 그의 발소리만 들려왔다.

잠시 후, 지하 주차장으로 내려온 희우는 차량의 시동을 걸었다.

엔진 소리가 조용히 들려올 때, 희우는 힐끔 차량의 시계를 확인했다.

새벽 1시 55분이다.

이제 5분 후면 시작이다.

희우의 핸드폰이 다시 울렸다.

윤수련 검사였다.

─우리도 준비 끝났어요.

"네, 조심히 움직이십시오."

─저기, 오늘 정말 천호령 회장을 잡을 수 있을까요?

"네, 잡을 수 있을 겁니다."

희우는 전화를 끊었다. 그리고 물끄러미 전화기를 바라보며 나직한 목소리로 말했다.

"아마도 잡을 수 있을 겁니다. 천호령 회장이 자존심만 꺾지 않는다면요."

어게인
마이라이프
SEASON 2

천호령 회장의 자택 앞.

덥수룩한 머리를 긁적이는 민수의 앞으로 검사 한 명이 섰다.

"준비 끝났습니다. 들어갈까요?"

민수가 손목을 들어 시간을 확인했다. 그리고 말했다.

"3분 후."

1시 57분이다.

정확히 2시가 되기를 기다리고 있었다.

검사가 물었다.

"그런데 오늘 천호령 회장을 잡을 수 있을까요?"

새벽 2시에 압수 수색을 한다는 것은 과격한 방법이었다.

이렇게까지 기습적인 공세를 취했을 땐 어떤 혐의라도 끄집어내서 나와야 했다. 그러지 않는다면 노쇠한 천호령 회장을 타깃으로 잡아 괴롭힌다는 여론의 뭇매를 맞을 수도 있었다.

민수가 덥수룩한 머리를 긁적였다. 그리고 검사를 보며 말했다.

"천호령 회장을 잡고 싶다면 들어가서 30분, 최단 시간 내에 물건을 가지고 나와. 그 시간이 넘어가면 우리가 밀릴 수도 있어."

"네? 우리가 밀릴 수도 있다뇨?"

검사가 눈을 깜빡이며 민수를 바라봤다.

민수는 시선을 천호령 회장의 자택으로 향했다. 그리고 말을 이었다.

"우리가 재벌 회장의 집을 새벽 2시에 털 수 있는 이유가 뭐라고 생각해?"

"......!"

"위대하신 오명성 대통령님의 결정이 있기 때문이잖아. 그런데 대통령이라는 위치는 국가의 이득도 생각해야 하지. 그래서 오락가락할 거야. 30분이 넘어가면 우리보고 멈추라고 할 수도 있어. 그만 집에 가서 발 닦고 자라는 지시가 내려온다는 거지."

"네? 그게 무슨 말인가요?"

검사는 민수의 말을 못 알아들었다.

민수는 묘하게 웃으며 다시 손목을 들어 시간을 확인했다. 그리고 검사에게 말했다.

"네가 궁금한 건 끝까지 모르는 게 좋은 거니까, 들어가면 바로 눈에 보이는 건 모두 상자에 쑤셔 담아. 천호령 회장은 나이 때문에 회사에 출근하지 않으니 모든 업무는 집에서 일어날 거야. 그러니까 다 쑤셔 박아. 알았지? 흘흘흘."

조진석의 조직이 있는 건물 앞.

윤수련 검사가 건물 입구에 서 있었다.

그녀의 옆에는 연석이 보였다.

윤수련 검사가 연석에게 물었다.

"몇 시야?"

연석이 손목을 들어 시간을 확인했다.

새벽 2시다.

"2시입니다."

윤수련 검사가 옆에 있는 경찰에게 시선을 돌린 후 입을 열었다.

"시작하죠."

경찰이 고개를 끄덕였다.

"네, 그럼, 움직이겠습니다."

경찰이 손짓하자 전봇대, 담벼락, 골목, 차량에서 지금껏 숨어 있던 경찰이 쏟아져 나오기 시작했다.

그리고 곧장 계단을 걸어 올라갔다.

그 건물에는 창문을 통해 아래를 내려다보고 있던 사람이 있었다.

바로 배순호였다.

그의 입가에는 미소가 짙어졌다.

이제 조금만 있으면 그가 1인자다.

조진석도 없고 김성호도 없고, 이제 신지혁도 잡혀간다.

그럼 이제 배순호가 1인자다.

물론 1인자로 올라가는 길은 쉽지 않았다.

지금만 해도 계단을 통해 올라오는 경찰에게 잡히지 말아야 했다.

그러면서 신지혁의 뒤통수도 쳐야 한다.

하지만 며칠 전에 만난 조진석의 계획은 완벽했다.

위험이 있지만 그의 계획을 잘 들으면 성공적으로 마무리할 수 있었다.

배순호는 몸을 돌려 신지혁이 있는 사무실로 향했다.

새벽 2시, 다른 일반적인 회사의 사무실은 불이 꺼진 상태겠지만 이 조직은 다르다. 새벽 2시면 한창 일하고 있을 시간이었다.

신지혁의 사무실 문이 벌컥 열렸다.

거칠게 열린 문틈으로 신지혁이 보였다.

"왜? 무슨 일이야!"

배순호가 당황스러운 눈빛 연기를 보이며 말했다.

"겨, 경찰이 들어왔습니다!"

"뭐? 경찰?"

"네, 경찰요!"

신지혁이 자리에서 벌떡 일어섰다.

"무슨 소리를 하는 거야! 경찰이 왜 갑자기 와? 끄나풀한테 연락 못 받았어?"

그때 비상벨이 울리는 소리가 요란하게 들려왔다.

어게인
마이라이프
SEASON2

건물 전체에 울리고 있었다.

신지혁의 미간이 있는 대로 일그러졌다.

"애들 내려보내서 경찰 막아! 도박장 폐쇄하고!"

배순호가 다급한 목소리로 말했다.

"조직 카드하고 중요한 물건 챙겨서 뒷문으로 내려가셔야 하지 않습니까?"

"카드?"

당황하는 신지혁을 보며 배순호의 입가에 미소가 걸렸다.

한편 그때 윤수련 검사는 팔짱을 낀 채 고개를 천천히 들었다.

그녀의 눈에 건물 전체가 들어왔다.

쨍그랑! 창문 깨지는 소리와 함께 유리 조각이 우수수 떨어져 내렸다.

쾅쾅! 무엇인가가 계단 복도에 부딪히는 거친 소리도 들려왔다. 그리고 이어지는 욕설.

경찰과 조직원의 충돌이 시작된 것이다.

비명에 가까운 소리도 들려왔다.

그때 깨진 창문으로 반짝이는 무엇인가가 던져지듯 나왔다.

빙그르르 돌며 땅에 떨어진 것은 요란한 소리를 내며 퉁겨 올랐다.

시퍼런 날붙이가 보이는 회칼이었다.

회칼이 앞에 떨어졌으면 놀라거나 해야 한다.

하지만 윤수련 검사의 눈빛은 차가웠다.

어떤 소리에도 그녀의 눈동자는 흔들리지 않았다.

오늘 밤 안으로 조진석의 조직을 무너뜨리겠다는 의지만 가득할 뿐이었다.

그녀의 시선이 다시 천천히 아래로 내려왔다.

여전히 좁은 출입구로 경찰들이 들어가는 게 보였다.

윤수련 검사의 입에서 작게 한숨이 흘러나왔다.

길었던 싸움의 끝이 보였다.

한상제 변호사의 억울한 죽음에 대한 확실한 증거, 그리고 천호령 회장과 점조직 간의 연관성을 찾아낼 수 있을 것만 같은 생각이 들었다.

그녀가 낮은 목소리로 말했다.

"그동안 고마웠어."

옆에 서 있는 연석에게 말한 것이다.

윤수련 검사는 위험한 곳에 갈 때마다 경찰이나 수사관을 대동할 수 없었다.

그래서 그때마다 항상 연석과 함께했다.

오늘도 마찬가지였다.

연석은 지금도 윤수련 검사를 가드하기 위해 옆에 붙어 서 있었다.

그녀의 말을 들은 연석이 머리를 긁적였다.

"저도 즐거웠습니다."

"이제 확실히 결정했어?"

"네, 결정했어요."

연석은 경찰이 되기로 확실히 결정을 내렸다.

한번 시험이나 볼까 하는 생각에서 정말 경찰이 되고 싶다는 꿈을 갖게 되었다.

희우가 살아온 이전의 삶에서 연석은 주먹을 가장 잘 쓰기로 유명한 깡패였다. 그런 그가 이제는 경찰이 되어 정의를 수호하려 하고 있었다.

그는 희우를 만나 180도 달라진 인생을 살게 되었다.

윤수련 검사가 힐끔 연석을 바라봤다. 그리고 말했다.

"좋은 경찰이 될 거야."

연석이 슬쩍 미소 지었다.

"감사합니다."

그때 다시 '콰직' 하고 건물 내부에서 둔탁한 소리가 들려왔다.

윤수련 검사가 작게 한숨을 내쉬며 뒤를 돌아봤다.

멀리서 구급차가 달려오며 내는 사이렌 소리가 그녀의 귀에 들려왔다.

그 시각, 건물 내부.

경찰이 2층까지 밀고 올라왔다.

조직원들은 좁은 계단과 복도에서 우왕좌왕할 뿐이었다.

하지만 우왕좌왕한다 뿐이지 그들은 피하지 않았다.

경찰들을 향해 과감히 달려들었다.

경찰과 맞붙는 그들은 서열이 낮은 조직원들이다.

얼핏 봤을 때, 고등학생이나 되어 보이는 앳된 얼굴도 있었다.

"죽어!"

손에 시퍼런 칼날이 번쩍였다.

하지만 번쩍였을 뿐이다.

겁을 먹어 손이 파르르 떨리고 있었다.

그 순간을 경찰은 놓치지 않았다. '뻐억!' 하는 소리와 함께 앳된 얼굴은 경찰의 진압봉에 맞아 흔들렸다.

쓰러진 어린 조직원은 경찰들의 발에 짓밟혔다.

콱! 콱! 콱!

그렇게 한 명, 두 명 경찰에게 무너져 내렸다.

하지만 누구도 도망가지 않았다.

겁을 잔뜩 먹었지만 경찰과 대적해 싸우고 있었다.

"오지 마! 오지 마!"

한 어린 조직원이 인상을 구기며 칼을 휘둘렀다.

그들은 서열이 낮은 조직원이었기에 그들의 뒤에 천호령 회장이 있다는 것까지는 몰랐다. 하지만 바보가 아닌 이상 자신들의 뒤를 봐주는 사람이 엄청난 사람이라는 건 어렴풋이 예측할 수 있었다.

그래서 그들은 자신들이 경찰에 잡혀간다 해도 오래지 않아 풀려날 것으로 알고 있었다.

뒤로 도망가면 배신자로 낙인찍혀 죽을 수도 있다.

하지만 열심히 싸운다면 경찰들은 자신들을 죽이지 않는다.

경찰에 끌려간다 해도 풀려난다.

그 생각이 그들이 경찰과 대치할 수 있는 이유였다.

그때 건물 4층.

신지혁은 초조한 표정으로 서 있었다.

문밖으로 들려오는 둔탁한 싸움 소리가 그의 마음을 더욱 초조하게 만드는 중이었다.

그의 시선이 앞으로 향했다.

그의 앞에선 배순호와 다른 조직원이 커다란 책장을 손으로 잡아 양옆으로 밀고 있는 게 보였다.

책장이 양옆으로 천천히 밀리며 가려져 있던 벽이 눈에 들어왔다. 그리고 그 벽의 한쪽으로 작은 문이 나타났다.

바로 경찰의 급습을 받았을 때 도망가기 위한 비상구였다.

하지만 아직이다.

문이 완벽히 나타나지 않아 당장 도망가기는 어려웠다.

열리는 책장을 보며 신지혁의 입에서 무거운 한숨이 흘러나왔다.

이제 자신의 세상이 도래한 줄 알았는데 갑작스레 경찰이 나타나다니.

짜증이 났다.

하지만 위기를 넘겼다는 걸 천호령 회장이 알아준다면 더 높은 곳을 나아갈 수 있다고 믿었다.

그는 작은 가방을 든 손에 더욱 꽉 힘을 주었다.

앞에서는 책장이 밀리는 소리가 계속해서 시끄럽게 들려왔다. 그리고 '탁' 하는 소리와 함께 책장이 움직이는 걸 멈췄다.

더 열 필요 없었다. 이제 작은 문이 완벽하게 드러났다.

그 문으로 들어가면 계단이 있다.

그리고 계단을 통해 내려가면 건물 뒤에 있는 창고로 나오게 된다.

창고 뒤로는 작은 개구멍이 있는데 그곳을 통해 건물을 벗어나면 완벽하다.

책장을 연 배순호는 가쁜 숨을 살짝 내뱉은 후 신지혁에게 시선을 돌렸다. 그리고 말했다.

"먼저 가십시오. 저는 뒤를 정리하고 쫓아가도록 하겠습니다."

"그래."

신지혁은 정면을 바라본 채, 작은 문으로 향했다.

그가 배순호의 옆을 스쳐 갈 때, 배순호는 살짝 고개를 숙였다.

"조심하십시오."

그의 말에 신지혁이 살짝 고개를 끄덕였다.

"어서 뒤따라오도록 해."

"네."

두 사람의 말만 들으면 서로를 진심으로 걱정하는 것 같았다.

하지만 아니다.

신지혁은 배순호가 경찰에게 끌려가기를 바라고 있었다. 아무래도 배순호가 자신의 바로 아래 서열이지만 믿을 수 있는 사람은 아니었기 때문이다.

한편 배순호는 신지혁이 지금 이곳을 빠져나가면 조진석과 마주칠 거라는 걸 알고 있었다.

배순호가 신지혁의 뒷모습을 바라보며 낮은 목소리로 말했다.

"그쪽으로 가면 여우 피하려다가 호랑이 만난 격이 될 거요."

배순호의 옆으로 신지혁을 호위하는 부하들이 한 명 두 명 스쳐 지나갔다.

그렇게 약 열다섯 명의 사람들이 작은 문으로 들어갔다.

배순호는 작은 문을 닫았다.

그리고 열쇠로 잠근 후 천천히 걸음을 걸어 사무실을 벗어났다.

복도의 끝으로 여전히 거친 소리가 들려왔다.

깨지고 부서지고 비명이 함께 터졌다.

그리고 사이렌 소리가 함께 울린다.

정신이 없었다.

배순호가 핸드폰을 들어 올렸다.

"도박장에 있는 사람들이 빠져나갈 수 있도록 비상구를 개
방시켜."

그때 신지혁은 계단을 걸어 내려가고 있었다.

그가 잠시 걸음을 멈추고 고개를 뒤로 돌렸다.

배순호가 문을 닫았나 보다. 문을 통해 작게나마 들어오던
빛은 더 이상 없었다.

이제 계단은 어둠에 휩싸였다.

평소 사용하지 않는 계단이기에 전기가 없어 어두웠고 경
사가 가팔랐다.

위급한 상황이었지만 빠르게 이동할 수는 없었다.

신지혁은 한숨을 내뱉으며 손에 든 가방을 다시 한 번 꽉
쥐었다. 그리고 오로지 감각만으로 천천히 걸음을 옮기기 시
작했다.

그가 이동하자 그의 뒤로 서 있던 열다섯 명 정도의 부하들도 다시 움직였다.

계단에는 그들의 발소리만 타박타박 울렸다.

그렇게 3층 가까이 왔다.

조금만 더 가면 2층, 그리고 1층이다.

신지혁은 살짝 미소 지었다.

'경찰이 와 봤자 할 수 있는 건 없어.'

하지만 그 미소는 잠시였다.

벌컥!

3층은 도박장이다.

그곳과 연결된 문이 열렸다.

갑작스레 들어온 빛에 신지혁은 눈살을 찌푸렸다. 그리고 그의 찌푸려졌던 눈살은 순식간에 일그러지고 말았다.

'와!' 하는 소리와 함께 노름꾼들이 들이닥쳤기 때문이다.

분명 도망가는 계단은 신지혁 등 간부급들만 사용할 수 있는데, 뜬금없이 노름꾼들이라니…….

"이건 뭐야!"

신지혁의 분노로 가득한 목소리가 터졌지만 무리였다.

이미 비상계단으로 발을 내민 노름꾼들은 우루루 내려가고 있었다.

어두웠는지 넘어지기도 하고 난리가 났다.

그 덕분에 신지혁과 열다섯 명의 부하들은 내려가는 속도가 더욱 더뎌질 수밖에 없었다.

신지혁의 입에선 연신 욕설이 터져 나왔다.

그리고 4층.

배순호가 입에 담배를 물고 있었다.

그의 입에서 짙은 연기가 흘러나왔다.

"지금부터 신지혁을 친다."

그의 말에 앞에 서 있던 부하들의 눈이 크게 커졌다.

배순호가 말을 이었다.

"우리 대장이 누구야? 신지혁이야? 아니잖아. 조진석 실장님이야."

"……!"

"조진석 실장님을 끌어내린 게 신지혁이야. 우리가 아무리 족보가 없는 조직이라 해도 배신한 놈을 계속 위에 앉혀두고 있을 수는 없잖아?"

한 사람이 손을 들었다.

"지금 경찰이 왔잖아요. 신지혁은 일단 뒤로하고 여기 수습부터 해야 하지 않을까요?"

배순호가 고개를 저었다.

"아래에 조진석 실장님이 와 계시다."

"……!"

배순호가 자신의 머리를 손가락으로 가리키며 말을 이었다.

"그럼 지금 경찰이 누구와 손잡고 왔는지 알겠지?"

"설마 조진석 실장님과요?"

"그래, 그러니까 신지혁을 잡아다가 넘기면 적당히 타협해서 끝날 거야. 경찰의 입장에서도 우리 같은 조직이 한곳에 묶여 있는 게 관리하기가 편하지. 괜히 뿔뿔이 흩어져 있으면 어렵기만 해."

배순호가 앞에 있는 남자들을 바라봤다.

모두 굳은 눈빛을 하고 있다.

배순호가 고개를 끄덕였다.

"가자."

그리고 몸을 돌렸다.

그가 향하는 곳은 3층 도박장이었다.

여전히 경찰과 조직원의 싸움에서 거친 소리가 들려오고 있었다.

하지만 배순호는 상관하지 않았다.

그의 눈은 정확히 도박장 끝에 있는 비상계단을 보고 있었다.

사건이 벌어지는 건물에서 멀리 떨어진 길가.

그곳에 멈춰 선 승용차가 있었다.

그리고 그 차량의 문에 희우가 비스듬히 몸을 기댄 채 있는 게 보였다.

희우의 시선은 건물을 바라보고 있었다.

그가 손목을 들어 시간을 확인했다.

"이제 조진석 실장이 올라갈 시간이네."

분명 바로 앞에서 보지 않았다.

하지만 희우의 눈에는 조진석이 비상계단으로 가기 위해 건물 뒤에 있는 창고로 들어가는 게 보이는 것만 같았다.

잠시 건물을 보던 희우가 슬쩍 미소 지었다.

그리고 자신의 오른손을 펼쳐 손바닥을 바라봤다.

세상의 모든 것을 쥘 수 있는 손이었다.

희우가 펼쳤던 손바닥을 꽉 쥐며 낮은 목소리로 입을 열었다.

"이제 천호령 회장이 움직일 차례야."

천호령 회장의 자택.

천호령 회장은 곤히 잠을 청하고 있었다.

그때 그의 방 안에 있는 전화기가 울렸다.

천호령 회장은 지체하지 않고 눈을 번쩍 떴다.

밤에 울리는 전화는 언제나 불안하다.

그는 자리에서 일어나 전화기를 받아 들었다.

-큰일 났습니다! 지금 검찰이 점조직과 회장님의 자택을 수색한다고 합니다!

천호령 회장의 눈살이 찌푸려졌다.

Chapter 4

"대통령이 승인한 건가?"

—그런 것으로 보입니다.

수화기를 들고 있는 천호령 회장의 손에 힘이 꽉 들어갔다.

얼마 전 그는 대통령과 만났다.

그 자리에서 대통령은 제왕 그룹에 국세청을 보낸다 했고 천호령 회장은 뇌물 장부를 터뜨린다는 걸로 맞불을 놨었다.

그 결과는 천호령 회장의 판정승으로 보였었다.

그런데 새벽에 급습을 하다니…….

천호령 회장의 입에서 무거운 한숨이 흘렀다.

그가 눈살을 찌푸린 채 수화기를 내려 둘 때 똑똑똑똑, 방문을 두들기는 소리가 다급하게 들려왔다.

"들어와."

그 말에 끝나기가 무섭게 기다렸다는 듯 문이 열렸다.

안으로 들어온 사람은 집 안을 관리하는 관리인이었다.

관리인은 천호령 회장이 침대에 있지 않고 자리에 서 있는 걸 보고 눈동자를 크게 떴다.

하지만 이내 정신을 차리고 입을 열었다.

"회장님."

"검찰이 왔다고?"

"……!"

관리인이 눈을 깜빡였다. 그 말을 하기 위해 들어온 것인데 이미 알고 있는 것처럼 말하자 당황한 것이다.

천호령 회장이 고개를 끄덕였다. 그리고 손을 내저으며 말했다.

"알았으니까 나가 있어. 곧 가도록 하지."

관리인이 고개를 숙였다.

"네, 알겠습니다."

관리인이 다시 한 번 고개를 숙이고 자리를 떴다.

천호령 회장은 고개를 저었다.

그리고 방 안에 있는 창가로 걸어가 밖을 내다봤다.

아래층의 정원에서 검찰이 들이닥치고 있는 게 눈에 보였다.

검찰들을 내려다보며 천호령 회장은 차가운 눈빛과 함께 핸드폰을 들어 올렸다.

그의 전화가 향하는 곳은 현재 점조직의 우두머리 신지혁이었다.

통화 연결음이 잠시 흐르고 수화기 안에선 도떼기시장과 같은 요란함이 들려왔다.

간간이 창문 깨지는 소리와 비명도 들리는 것 같았다. 그리고 신지혁의 목소리가 들렸다.

-네, 회장님.

천호령 회장의 입에서 작게 한숨이 흘렀다.

묻지 않아도 전화기 너머의 소란스러운 소리만으로 알 수 있었다. 지금 점조직 역시 경찰의 공격으로 정상적인 상황은 아니었다.

천호령 회장은 더 말하지 않고 전화를 끊었다.

그의 눈에는 여전히 집 안으로 들어오는 검찰이 보였다.

하지만 천호령 회장의 눈동자는 당황하거나 하지 않았다.

그는 침착함을 유지하고 있었다.

그가 손가락으로 톡톡, 창틀을 두드리기 시작했다.

상황을 벗어날 생각을 하는 거다. 그리고 생각이 끝났을 때, 그는 전화기를 들어 올렸다.

청와대 집무실.

오명성 대통령은 책상에 앉아 있었다.

늦은 시간이었지만 그의 눈은 피곤한 줄 몰랐다.

그가 앞을 바라보자 그의 앞에는 비서가 서 있었다.

오명성 대통령이 시선을 들어 비서를 바라봤다.

"어떻게 되고 있지?"

"방금 천호령 회장 자택 수색을 시작했다고 합니다."

오명성 대통령이 고개를 끄덕였다. 그리고 손목을 들어 시간을 확인했다.

"앞으로 10분? 그 정도면 천호령 회장에게 전화가 오겠어."

비서가 고개를 끄덕였다.

"네, 그 정도 걸릴 것 같습니다."

비서가 대통령에게 한 발 걸어 나가 책상 앞에 섰다. 그리고 책상 위에 서류 봉투 하나를 올렸다.

오명성 대통령은 눈동자만 움직여 서류 봉투를 봤다가 다시 비서를 바라봤다.

이게 뭐냐는 눈빛이다.

비서가 말했다.

"말씀드린 대로 10분 후면 천호령 회장에게 전화가 올 겁니다. 천호령 회장은 기습적인 검찰의 압수 수색을 막기 위해 다시 뇌물 장부로 대통령님을 협박할 것으로 예상됩니다. 그때 필요한 서류입니다."

오명성 대통령이 미간을 찌푸리며 서류 봉투를 열어 봤다.

"……!"

오명성 대통령의 눈빛이 찌푸려졌다.

비서가 말했다.

"지금 검찰에서는 천호령 회장 외에 폭력 조직 하나를 건들고 있습니다."

오명성 대통령은 고개를 끄덕이며 관련 서류를 내려다보았다. 그의 손에 들린 서류엔 천호령 회장과 점조직을 연관 짓는 많은 정보들이 적혀 있었다.

비서가 말을 이었다.

"관련 자료만 보자면 추측일 뿐 아직 명확한 증거는 없습니다. 하지만 오늘 밤의 습격으로 확실한 증거 역시 나타날 것으로 예상합니다."

오명성 대통령이 다시 눈동자만 들어 비서를 바라봤다. 그리고 천천히 무거운 목소리로 말했다.

"솔직히 말하지, 난 자네를 의심하고 있었어."

"……!"

비서의 눈썹이 꿈틀거렸다.

하지만 잠깐이었다. 비서는 표정 관리를 하고 있었다.

그가 긴장된 침을 삼킬 때, 오명성 대통령이 말을 이었다.

"그래서 이런 자료를 가지고 올 줄은 몰랐어. 오해해서 미안하네. 그런데 이건 어디서 구한 거지?"

희우에게 받은 거다.

며칠 전, 희우는 비서에게 대통령이 의심할 때마다 하나씩 건네라며 전해 줬었다.

하지만 그렇게 말할 수는 없었다.

비서가 입을 열었다.

"그동안 천호령 회장의 행동이 의심스러워서 보고하지 않고 따로 조사해 봤습니다. 보고드리지 않아 죄송합니다."

오명성 대통령이 고개를 저었다.

"아니야. 그런데 지금 이걸 주는 이유는 뭐지?"

오명성 대통령은 다시 비서를 바라봤다.

그의 눈동자는 비서에 대한 의심을 풀지 않았다.

비서는 작게 한숨을 내뱉었다.

어제 낮, 희우에게 전화가 왔다.

전화의 내용은 검찰에서 천호령 회장을 상대로 압수 수색을 할 테니 대통령을 설득해 영장 청구에 도움을 달라는 것 그리고 압수 수색을 시작하는 새벽에 서류 하나를 오픈하라는 것이었다.

하지만 이 역시 솔직하게 말할 수는 없었다.

비서가 입을 열었다.

"조사는 진행하고 있지만 말씀드렸듯이 관련 자료는 추측일 뿐, 아직 확실한 증거는 없습니다. 그래서 확신이 생기면 보여 드리려 했습니다."

"……."

"하지만 지금은 천호령 회장이 어떤 행동을 할지 모르는 상황입니다. 그래서 아직 완벽하지는 않지만 천호령 회장에 대한 대비책이 필요할 것이라고 생각했습니다."

말을 마친 비서는 가만히 오명성 대통령을 바라봤다.

일단 질문에 대한 답은 잘 빠져나간 것 같았다.

오명성 대통령이 납득을 할지, 하지 않을지, 문제는 지금부터였다.

두 사람의 눈이 허공에서 마주쳤다.

긴장 때문인지 비서는 입이 바짝 마르는 것을 느꼈다.

오명성 대통령이 입을 열었다.

"그런데 이 서류를 보면……."

또다시 질문이 오고 있었다.

오명성 대통령은 말이 나온 이상 비서에 대한 의혹을 풀고 넘어가려는 것 같았다.

하지만 오명성 대통령의 말은 이어지지 못했다.

그 순간, 핸드폰이 울렸기 때문이다.

발신 번호는 천호령 회장이었다.

오명성 대통령의 시선이 가만히 핸드폰의 화면으로 향했다.

그때 민수는 희우와 전화를 하며 천호령 회장의 정원을 휘적휘적 걷고 있었다.

"지금 천호령 회장 집에 들어왔어. 생각보다 저항은 없었네, 흘흘흘."

—…….

"지금 시간이면 천호령 회장이 대통령에게 전화하고 있겠지? 어떤 선택을 할까?"

—글쎄요. 어떤 것을 선택하든 상관은 없겠죠. 우리가 계획한 일만 잘되면 되는 거니까요.

그때 민수의 눈에 정원을 지나 다급하게 달려가는 천시현이 보였다.

"천시현이 달려가네. 계획한 대로 잘되고 있네."

민수는 묘하게 웃으며 전화를 끊었다. 그리고 다시 휘적휘적 걷기 시작했다.

그렇게 정원을 걷던 민수가 뚝, 걸음을 멈췄다.

그는 시선을 들어 천천히 위를 올려다봤다.

천호령 회장이 있는 방이다.

그리고 창문에 전화를 든 채 서 있는 그림자가 민수의 눈에 들어왔다.

당연하지만 그림자의 주인공은 천호령 회장이었다.

민수의 입꼬리가 비틀렸다.

"언제까지 당당할 수 있을까? 흘흘흘."

그 시각, 희우는 운전을 하는 중이었다.

코너를 돌며 헤드라이트가 길게 휘어졌다.

하지만 희우의 눈동자는 정면을 보고 있었다.

그는 똑바로 앞을 보며 계획을 더듬는 중이었다.

현재 천호령 회장 자택과 점조직에 대한 압수 수색 계획은 한 치의 흐트러짐도 없이 톱니바퀴처럼 완벽하게 맞아 들어가고 있었다.

하지만 희우는 마음을 놓지 않았다.

마지막까지 긴장해야 한다.

자칫 한 번의 실수로 모든 것을 어긋나게 만들 수 있었다.

완벽하게 계획을 세웠지만 실패한 일은 누구나 많다.

인간인 이상 생각의 한계와 틈이 있기 때문이다.

그랬기에 희우는 이미 계획이 진행되고 있는 지금도 끊임없이 계획을 고쳐 나가는 중이었다.

하지만 불안했다.

어디서 잘못되어 일을 그르칠지도 모른다는 생각이 계속 들고 있었다.

그리고 희우는 불안함의 원인을 알고 있었다.

그 원인은 바로 김석훈이었다.

대통령 아들의 교통사고 이후로 김석훈은 잠잠했다.

뭔지 모를 꿍꿍이를 숨기고 가만히 있었다.

희우의 입에서 작게 한숨이 흘렀다.

'도대체 뭘 꾸미고 있는 거야?'

희우의 시선이 힐끔 자동차의 시계로 향했다.

이제 조금 있으면 조진석과 신지혁 일당이 부딪힐 시간이
다. 오명성 대통령과 천호령 회장은 어떤 식으로든 결론이 날
거다. 그 시간까지 민수와 윤수련 검사가 압박을 이어 간다.

앞으로 한 시간이다.

일이 마무리만 된다면 김석훈이 무엇을 꾸미고 있든지 상
관없었다.

희우는 핸들을 쥐고 있던 손에 꽉 힘을 줬다.

동시에 희우가 탄 차량이 더욱 빠르게 미끄러지듯 도로를
빠져나갔다.

조진석의 점조직 건물.

비상계단을 통해 노름꾼들과 함께 내려가던 신지혁은 뭔
가 이상한 소리를 들었다.

경찰의 단속으로부터 도망치는 노름꾼들의 소리와는 전혀
다른 소리다.

신지혁은 눈을 찌푸린 채 귀를 기울였다.

'이게 뭐야?'

둔탁한 소리가 아래서부터 들려오기 시작했다.

그리고 벽에 쇠 파이프가 긁히는 소리도 이어졌다.

신지혁의 미간은 더욱 일그러졌다.

'쇠 파이프?'

경찰이 쇠 파이프를 사용한다는 말은 들어 본 적이 없다.

그렇다면 이것은 다른 쪽의 공격이다.

계단을 내려가던 신지혁은 걸음을 멈췄다.

그리고 고개를 돌려 자신의 뒤를 쫓아오던 조직원들에게 시선을 향했다.

어두운 계단이었지만 오랜 시간 있었기에 눈이 익숙해졌는지 형태는 알아볼 수 있었다.

신지혁이 말했다.

"먼저 다섯 명 정도 내려가 봐."

남자들이 고개를 숙였다.

"알겠습니다."

그리고 신지혁을 스쳐 내려가기 시작했다.

잠시 후, 아래에서 욕설이 터져 나왔다.

그리고 폭력의 소리가 들려왔다.

이어진 외마디 비명.

"조진석 실장!"

짧게 터진 말이었지만 신지혁은 그 소리를 놓치지 않았다.

'조진석이 왔다고?'

이제 신지혁의 미간뿐만 아니라 얼굴이 일그러지고 있었다. 왜 경찰의 단속 연락이 오지 않았는지부터 지금 모든 순간이 한 번에 이해되었다.

신지혁이 입술을 잘근 깨물었다.

이 상황을 벗어날 생각을 해야 한다.

하지만 무리였다.

꺾인 계단으로 플래시 불빛이 흔들리며 올라오고 있었다.

그리고 조진석의 목소리가 들려왔다.

"지혁아, '죄송합니다.'라고 말하면 용서해 줄 수도 있는데."

신지혁이 고개를 뒤로 돌렸다.

자신의 부하가 몇이나 있는지 확인하기 위함이었다.

경찰이 있는 이상 건물 내부로 도망갈 수는 없었다.

싸울 수밖에 없는 상황이다.

그래서 어둠 속에서 부하들의 숫자를 가늠하고 있는데, 이번엔 익숙한 목소리가 들려왔다.

"왜 안 가고 아직 여기 계십니까?"

배순호였다.

신지혁의 표정이 밝아졌다.

"몇 명이나 끌고 왔어?"

하지만 대답은 배순호가 아니라 뒤에 선 조진석이 했다.

"지혁아, 순호는 네 편이 아니야."

신지혁의 눈에 어둠이 드리워졌다.

＊＊＊

희우가 운전하는 차량은 막 언덕을 올라 천호령 회장의 자택을 스쳐 지나고 있었다.

희우는 멈추지 않고 조금 더 언덕을 올라갔다.

도착한 곳은 천호령 회장 집에서 성인 걸음으로 10분 정도 걸리는 공영 주차장이었다.

희우가 운전석에서 내리며 주차장을 빙 둘러봤다.

이곳에 주차된 차는 희우의 차를 제외하고는 보이지 않았다.

이름만 주차장일 뿐이지, 텅 빈 공터나 다름없었다.

이곳 사람들은 각 집에 차고가 있으니 굳이 주차장을 이용할 필요는 없었다.

희우는 차량에 등을 기댔다.

아래에서는 검찰이 자택을 압수 수색하고 있고 먼 곳에서는 점조직과 경찰이 혈투를 벌이고 있었지만, 이곳은 새벽녘의 적막함만 느껴질 뿐이었다.

희우는 천천히 시선을 움직여 언덕 아래를 내려다봤다.

그의 시선이 향하는 곳은 천호령 회장의 자택이 있는 방향이다.

물론 거리가 멀었기에 천호령 회장의 집이 눈에 보이지는 않았다. 하지만 마치 천호령 회장의 집이 눈앞에 보이는 것처럼 그곳만을 응시하고 있었다.

그때 희우의 핸드폰이 울렸다.

발신 번호를 확인하니 천유성 대표였다.

─아직인가?

"네, 아직입니다."

─생각보다 오래 걸리는데?

"아무리 천호령 회장님이라도 결정하는 건 쉬운 일이 아닐 겁니다. 아직은 대통령과 협상 중인 것으로 생각됩니다."

─계획이 틀어지지는 않겠지?

희우가 작게 한숨을 내쉬었다. 그리고 차갑게 말했다.

"천유성 대표님, 그냥 따르세요. 그럼 원하는 자리에 앉게 될 겁니다."

─그 말, 기억하고 있지.

통화 중이었기에 천유성 대표의 표정을 볼 수는 없었다.

하지만 보지 않아도 알 수 있었다.

천유성 대표는 입꼬리를 말아 올린 채 자신의 아버지 천호령 회장이 구석으로 몰리는 이 순간을 즐기고 있었다.

희우가 말했다.

"천시현이 그쪽으로 가게 되면 약속대로 신변 보호나 잘 부탁합니다."

─그건 걱정하지 마. 내가 천시현을 싫어하지만 동생은 동

생이야.

희우는 천시현과 어떤 약속을 했다.

그 약속이 지켜지게 되면 천호령 회장의 곁에서 그녀를 빼내 천유성 대표에게 보내야 한다.

지금 천유성 대표가 하는 말은 그에 대한 이야기였다.

그 말을 들으며 희우는 살짝 고개를 저었다.

천유성 대표는 천시현을 가리켜 동생은 동생이라고 했지만 그는 자신의 형인 천지용과 동생 천하민 그리고 지금은 자신의 아버지인 천호령 회장까지 집어삼키려 하고 있었다.

절대 믿을 수 있는 말이 아니었다.

하지만 희우는 반론하지 않았다.

"알겠습니다. 믿어 보죠. 그럼 조금 이따가 다시 연락드리겠습니다."

희우는 전화를 끊었다. 그리고 손목을 들어 시간을 확인했다.

새벽 3시가 가까워져 오고 있었다.

희우는 작게 숨을 내쉬며 다시 언덕 아래를 내려다보기 시작했다.

그 시각, 점조직의 건물 4층.

건물은 태풍이 지나친 것처럼 조용했다.

불과 몇 분 전까지 비명과 둔탁한 소리가 어우러졌던 그곳엔 이제 적막만이 채워져 있었다.

그곳에 조용히 발소리가 들려왔다.

소리가 들려오는 곳으로 윤수련 검사와 연석이 보였다.

윤수련 검사는 주변을 둘러봤다.

창문은 깨져 있었고 , 의자와 책상이 나뒹굴고 있었다.

잠시 차가운 시선으로 주변을 보던 그녀는 다시 걸음을 옮겼다.

도착한 곳은 신지혁이 사용하는 사무실 앞이었다.

문을 열고 안으로 들어가자 그곳 역시 복도와 마찬가지로 물건이 사방으로 나뒹굴고 있는 상황인 것은 마찬가지였다.

윤수련 검사의 시선이 정면으로 향했다.

쓰러져 있는 책상 뒤로 비상구가 보였다.

비상구에서 발소리가 들렸다. 그리고 경찰 한 명이 나타났다.

경찰이 윤수련 검사의 앞으로 다가와 말했다.

"아래는 상황이 정리되었습니다. 신지혁, 배순호는 체포했고 그 외에 조직원과 도박장 이용 일당도 다수 체포했습니다. 정확한 인원은 아직 확인하고 있습니다."

윤수련 검사가 살짝 고개를 숙였다.

"고생하셨습니다."

"그럼."

경찰은 윤수련 검사에게 인사하고 그녀의 옆을 스쳐 지나갔다.

윤수련 검사는 창가로 걸음을 옮겼다. 그리고 창밖을 바라 봤다.

창밖에는 구급차의 불빛이 번쩍였고 계속해서 들것이 오 가고 있었다.

이번 작전으로 많은 부상자가 발생했다.

싸웠던 경찰은 물론 조직원 그리고 도망치다가 어두운 곳 에서 굴러 넘어진 노름꾼들까지, 다친 사람의 숫자만 해도 어마했다.

그녀는 작게 한숨을 내쉰 후 다시 시선을 돌렸다.

그녀의 시선이 멈춘 곳은 벽면에 박혀 있는 금고였다.

금고는 열려 있었고 내부는 비어 있었다.

금고 앞으로 걸어간 그녀가 연석에게 말했다.

"신지혁이 좀 이쪽으로 데리고 와 줄래?"

"네, 알겠어요."

연석이 고개를 끄덕이며 그녀의 옆을 벗어났다.

그 시각, 신지혁은 비상계단 1층에 있었다.

신지혁의 시선이 손에 채워진 수갑으로 향했다.

그 수갑은 신지혁이 도망갈 수 없도록 계단 난간에 걸려 있었다.

　신지혁은 입에서 무거운 한숨을 흘리며 옆에 앉아 있는 배순호에게 시선을 이동했다.

　배순호 역시 계단 난간에 걸린 수갑이 손이 묶여 있었다.

　그의 표정은 망연자실했다.

　신지혁이 낮은 목소리로 배순호에게 입을 열었다.

　"너나 나나 조직석에게 속은 거야."

　배순호가 멍한 눈으로 고개를 끄덕였다.

　뒤돌아 생각해 보면 조진석은 신지혁과 싸울 생각이 전혀 없었다.

　아래에서 길을 막아 신지혁 패거리가 오도 가도 못하게 만든 후 배순호 패거리와 싸움을 붙였다.

　신지혁 패거리와 배순호 패거리가 격렬한 싸움을 벌일 때, 조진석은 어둠을 틈타 사라져 버렸다.

　그 뒤는 일사천리였다.

　경찰이 비상구를 찾아 들이닥쳤고, 미처 도망가지 못한 그들은 허탈할 정도로 쉽게 잡히고 말았다.

　서로가 적으로 여기고 있었기에 힘을 합치지 못한 게 패인이었다.

　하지만 속았다는 걸 알았을 때는 이미 늦었다.

　그들은 이미 수갑을 찬 해 오도 가도 못하는 신세가 되었을 뿐이다.

신지혁이 멍하니 앉아 있을 때, 그의 앞으로 연석이 섰다.

연석이 물었다.

"신지혁?"

신지혁이 고개를 들었다. 그리고 가만히 연석을 바라봤다.

분명 앳된 얼굴이다.

신지혁은 자신이 아무리 지금 비참하게 앉아 있다고 하더라도 어린 학생에게 이름을 불리는 건 자존심이 상한다고 생각했다.

"너 말이 짧다?"

그래서 말해 봤는데, 연석은 상관하지 않았다.

"네가 신지혁 맞지?"

"하……."

신지혁의 입에서 무거운 한숨이 흘렀다.

연석이 말을 이었다.

"얌전히 따라와라."

경찰이 옆에 서서 신지혁의 수갑을 풀기 시작했다.

신지혁은 자신의 손목과 연석을 번갈아 보며 슬쩍 미소 지었다.

이곳은 비상계단 1층, 경찰들은 일단 부상자를 수습하느라 정신이 없었다. 수갑이 풀리면 도망가기에 아주 좋은 환경이었다.

신지혁은 그렇게 생각하고 있었다.

하지만 잠시의 생각일 뿐이었다.

자신을 쏘아보는 연석의 눈빛을 본 순간 신지혁은 마른침을 삼킬 수밖에 없었다.

'어린 놈의 눈빛이 왜 저래?'

잠시 후.

신지혁은 결국 얌전히 연석을 따라와 윤수련 검사의 옆에 무릎을 꿇고 앉아 있었다.

윤수련 검사는 신지혁에게 고개도 돌리지 않은 채, 금고를 바라보며 말했다.

"네가 신지혁이지?"

신지혁은 듣지 않아도 묻지 않아도 앞에 보이는 여자가 검사라는 걸 알 수 있었다.

신지혁이 고개를 끄덕였다.

"네? 네."

"내놔."

"어떤 거요?"

"이 안에 있던 거."

"……!"

검사들이 이런 식으로 말할 때는 보통 두 가지였다.

한번 떠보거나 아니면 정말 알고 왔을 때다.

그리고 지금 윤수련 검사의 목소리를 들으면 확신할 수 있었다. 그녀는 모든 걸 알고 있었다.

신지혁의 미간이 찌푸려졌다.

그녀가 모든 걸 알고 있다면, 저런 이야기를 전할 사람은 한 명뿐이 없었다.

바로 조진석이다.

조진석이 검사에게 모든 걸 털어놓았다면 신지혁이 어떤 수를 써도 빠져나가긴 힘들었다. 그렇다면 차라리 수사에 최대한 협조해서 형을 줄이는 것에 목적을 두어야 한다.

신지혁의 태세 전환은 빨랐다.

그가 무거운 한숨을 흘리며 말했다.

"가방에 있습니다."

"가방?"

"계단 어딘가에 있을 겁니다."

말이 끝나기가 무섭게 연석이 다시 비상계단으로 들어갔다.

그리고 잠시 후, 연석은 가방 하나를 들고 나타났다.

연석에게 가방을 건네받은 윤수련 검사가 신지혁에게 물었다.

"이거야?"

"네."

윤수련 검사는 가방을 뒤적거렸다.

이제 이 안에서 희우가 말한 USB와 카드를 찾아야 했다.

그런데…….

담배나 핸드폰 등 쓸데없는 물건을 제외하면 단지 카드만 있을 뿐이었다.

윤수련 검사의 시선이 처음으로 신지혁에게 향했다. 그리고 카드를 꺼내 보이며 물었다.

"여기 카드만 있는데?"

신지혁이 고개를 끄덕였다.

"네."

"카드 말고 다른 건 없어?"

신지혁이 눈을 깜빡이며 고개를 끄덕였다.

"네."

천호령 회장 집에서 멀지 않은 공영 주차장.

아직 희우는 그곳에서 천호령 회장의 집을 내려다보고 있었다.

그때 주머니 속 핸드폰의 진동을 느꼈다. 발신 번호를 확인하니 윤수련 검사다.

"네, 김희우입니다."

ㅡ윤수련입니다.

"그쪽 상황은 정리되었나요?"

-네, 그런데…….

그녀가 말을 끌었다.

뭔가 문제가 있다는 신호다.

"무슨 일이 있나요?"

-그러니까, 그때 말씀하셨던 USB있잖아요? 없어요. 카드만 있어요.

"……!"

희우가 낮게 한숨을 내쉬었다. 그리고 물었다.

"신지혁이가 USB에 대해 뭐라고 하죠?"

-USB 자체를 모르는 것 같아요. 추궁했더니 며칠 전에 다른 사람이 와서 금고를 한번 확인하고 떠났다는 말만 하고 있어요.

"다른 사람요?"

-자세히 말하지 않고 자신도 잘 모른다고 하네요. 조진석이 보낸 사람이라는 핑계를 대는 걸 봐선…….

"제왕 그룹에서 왔다 갔나 보네요."

-네, 아무래도 천호령 회장의 끈은 놓고 싶지 않은 모양이에요.

희우가 짧게 한숨을 내뱉었다.

"그러니까 천호령 회장이 USB를 중간에 가지고 간 것 같다는 거죠?"

-네.

그녀의 목소리는 힘이 빠져 있었다.

그녀는 USB 안에 정확히 뭐가 있는지 알지 못했다. 하지만 제왕 그룹과 연관된 대한민국의 비리가 있다는 것은 예상할 수 있었다.

그런 USB를 손에 넣을 줄 알았는데 실패하자 아쉬울 수밖에 없었다.

하지만 희우의 목소리는 담담했다.

"알겠습니다. USB는 예상했습니다."

-예상했다고요?

"네, 그러니까 카드가 어떻게 사용되었는지만 확실히 확인해 주세요."

어느 정도는 예측하던 거다.

천시현의 교통사고로 인해 조진석은 천호령 회장에게 배신당한 것이나 마찬가지였다. 그런 조진석이 어떤 꿍꿍이를 가지고 있을지 모르는데 천호령 회장이 그 사무실을 가만뒀을 리는 없다.

희우는 윤수련 검사와의 전화를 끊으며 슬쩍 웃었다.

천호령 회장이 USB를 챙겨 갔다고 해도 상관없었다.

다른 계획은 여전히 진행 중이기 때문이다.

희우는 손목을 들어 시간을 확인했다. 그리고 낮은 목소리로 중얼거렸다.

"대통령은 어떤 선택을 하려나."

그 시각, 청와대.

오명성 대통령은 천호령 회장의 전화를 받고 있었다.

"뭐라고요?"

-제가 가진 제왕 그룹 지분의 절반을 내놓도록 하겠습니다.

"……!"

-방법에 대해서는 차차 고민해 보도록 하지요.

천호령 회장의 힘없는 목소리가 이어졌다.

오명성 대통령은 잠시 눈을 찌푸렸다.

'뭐야? 벌써 허리를 굽히는 거야? 이렇게 쉽게 포기를 한 다고?'

얼마 전, 오명성 대통령은 검찰로부터 천호령 회장의 자택을 압수 수색하겠다는 연락을 받았었다.

급습 시간은 새벽, 천호령 회장이 어떤 대응도 할 수 없도록 조심히 그리고 빠르게 움직인다는 말이 이어져 나왔다.

오명성 대통령은 흔쾌히 허락했다.

하지만 검찰이 천호령 회장을 잡을 수 있다고는 생각하지 않았다. 단지 살짝 위협을 줄 것이라고만 생각했다.

그리고 그 위협이 통한다면 천호령 회장을 협상 테이블로

끌어다 앉힐 수 있을 것으로 생각했다.

오명성 대통령이 생각한 협상은 뇌물 장부였다.

여기까지 생각한 오명성 대통령은 자신의 입술을 살짝 깨물었다.

'며칠 전에 말했잖아, 내 주변 사람에게 뇌물을 줬다며. 지금 검찰이 목전에 와 있으면 그 뇌물 장부로 맞불을 놔야 하는 것 아냐?'

천호령 회장이 가지고 있다는 뇌물 장부와 검찰의 압수 수색을 뒤로 물리는 것.

적당한 거래라고 생각했는데, 천호령 회장이 먼저 고개를 숙여 버렸다. 뇌물 장부에 대해서는 말을 꺼내지도 않았다.

오명성 대통령이 작게 한숨을 내쉬며 말했다.

"회장님, 지금 무슨 말씀을 하시는 겁니까? 그룹의 지분을 내놓는다니요?"

천호령 회장이 입을 열었다.

─말 그대로입니다. 방법에 대해서는 차후에 이야기하죠. 국민연금을 통해 넣을 수도 있고 장학 재단을 통해 환원할 수도 있습니다.

"……."

─나랏일 하시는 데 많은 도움이 될 겁니다.

"……."

오명성 대통령은 아무 말이 없었다.

아직도 천호령 회장의 의중을 가늠하는 중이었다.

오명성 대통령이 아무 말도 하지 않자 천호령 회장이 무겁게 입을 열었다.

—그럼 나라에 환원하지 않고 대통령님께 드리면 되겠습니까?

"……!"

오명성 대통령은 자신도 모르게 전화기를 쥐고 있던 손에 힘을 꽉 쥐었다.

천호령 회장이 가진 지분의 절반은 얼핏 생각해도 수조 원이다.

상상할 수 없는 금액이었다.

하지만 거기서 끝나는 게 아니었다.

천문학적인 가치를 지닌 제왕 그룹을 손에 넣을 수 있다는 말이 되기도 했다.

여기서 천호령 회장의 손을 잡으면 자신의 후손이 영원히 편하게 살 수 있는 기틀이 만들어질 수도 있다.

대통령이라는 국가 최고의 자리에 오른 오명성이었지만 상상할 수 없는 돈이 눈앞에 보이자 생각의 정리가 되지 않았다.

이런 제안이 올 것이라고는 상상도 하지 못한 오명성 대통령이 작게 한숨을 내쉬었다.

'어떻게 해야 하지?'

이 돈을 받으면?

그의 머릿속에 순간 지금 병원에 있는 아들이 떠올랐다.

아직도 의식을 찾지 못하고 있다.

의사는 장애가 있을지도 모른다는 무서운 이야기를 하고 있다.

오명성 대통령은 아들의 얼굴을 떠올리며 자신이 앞으로 살날을 가늠해 봤다.

이제 얼마 남지 않았다.

어쩌면 병원에 있는 막내아들이 장가를 가고 손주를 낳는 걸 볼 수 없을지도 몰랐다.

'내가 죽으면 제호는 누가 돌봐 주지?'

정승집 개가 죽으면 문상객이 문전성시를 이루지만, 정승이 죽으면 한 명도 오지 않는다는 말이 있다.

오명성 대통령의 사후에 막내아들이 어떻게 살아갈지 앞이 깜깜했다.

녀석은 성격도 좋지 않다. 거기에 장애까지 생기게 된다면?

이 모든 걱정을 한 번에 불식시켜 버릴 수 있는 게 돈이다.

제왕 그룹이 가진 막대한 돈.

써도 써도 끊이지 않을 돈.

오명성 대통령의 입에서 다시 한숨이 흘렀다.

'내가 받는다고 할까?'

고민을 하던 오명성 대통령은 고개를 저었다.

어게인
마이라이프
SEASON2

달콤한 것에는 독이 있기 마련이다.

이유 없는 대가는 없다는 걸 잘 알고 있었다.

오명성 대통령이 거절의 말을 하기 위해 천천히 입을 열려 했다. 하지만 그의 목소리는 밖으로 나오지 못했다.

기다렸다는 듯 천호령 회장의 목소리가 수화기 너머에서 들려왔기 때문이다.

－아시다시피 제왕 그룹의 지분은 복잡하여 엮여 있습니다. 대통령님께 간다고 해도 그 누구도 알 수 없을 겁니다. 조용히 마무리 지을 수 있습니다.

"……!"

－제 분수도 모르고 많이 먹으면 배탈이 나지요. 하지만 대통령님은 이 정도 드셔도 탈이 없을 테니 걱정하실 필요는 없습니다.

오명성 대통령은 침을 꿀꺽 삼켰다.

지금 천호령 회장은 오명성 대통령의 생각을 정확히 들여다보고 달콤한 제안을 늘어놓고 있었다.

하지만 이미 오명성 대통령의 눈에 다른 건 보이지 않았다.

돈에 대한 욕망.

널브러져 있는 돈.

사실 장애가 있을지 모를 아들을 누가 책임지느냐, 후대는 어떻게 되느냐는 모두 핑계일 뿐이었다.

뱃속을 치고 들어온 욕망은 스스로 '그럴 수밖에 없었다는'

납득을 시키고 있었다.

오명성 대통령이 말했다.

"내가 뭘 하면 됩니까?"

오명성 대통령은 몰랐다.

수화기 너머의 천호령 회장은 비릿한 미소를 짓고 있었다.

대통령의 앞에 서 있던 비서는 긴장된 주먹을 쥐었다가 펴 보였다.

비서는 마른 입술을 혀로 적시며 작게 한숨을 내쉬었다.

'괴물 같은 놈.'

지금 모든 상황은 희우가 말했던 대로 흘러가고 있었다.

오명성 대통령의 표정과 행동까지 희우가 말했던 것과 거의 맞아떨어졌다.

비서의 시선은 여전히 전화를 하고 있는 오명성 대통령에게 향했다. 그리고 계속 생각에 빠졌다.

'그러니까, 검찰을 철수시키겠다는 말이 나오면 이민수 검사에 관한 이야기를 하라는 거지? 그게 대통령님을 도와주는 거라고?'

그는 지금 희우가 시킨 말을 하기 위한 타이밍을 잡고 있었다. 모든 게 희우가 이야기했던 대로 흘러가고 있으니 그의 말을 따르지 않을 수 없었다.

그리고 잠시 후, 오명성 대통령의 입이 열렸다.

"좋습니다. 그만 철수하라고 전하겠습니다."

어게인
마이라이프
SEASON2

그 순간, 쥐었다 펴졌다 하던 비서의 주먹이 꽉 쥐었다.

그리고 기다렸다는 듯 비서가 말했다.

"지금 천호령 회장의 자택에 이민수 검사라고 있습니다."

전화를 하던 오명성 대통령이 시선을 움직여 비서를 바라봤다.

평소 대통령이 전화할 때, 조용히 있던 비서다.

그게 예의였다.

그런데 뜬금없이 이민수 검사라니.

오명성 대통령이 바라보자 비서가 말을 이었다.

"검찰에서도 말을 듣지 않기로 소문나 있습니다. 아마 철수 명령이 떨어져도 끝까지 찾아내겠다고 애쓸 겁니다. 그러다가 그놈이 뭐라도 찾아내면……."

희우가 시킨 말은 여기까지였다.

그리고 비서의 목소리는 핸드폰을 통해 고스란히 천호령 회장에게 전달되고 있었다.

～☆～

오명성 대통령과 전화를 끊은 천호령 회장은 슬쩍 미소 지었다.

그의 시선이 핸드폰으로 향했다.

핸드폰엔 붉은색 녹음 표시가 깜빡이고 있었다.

그는 핸드폰을 테이블에 올려놓으며 다시 창밖을 바라봤다. 여전히 번쩍이는 불빛과 함께 검찰이 움직이는 게 눈에 보였다.

천호령 회장의 머릿속에 오명성 대통령이 떠올랐다.

피식 웃음이 났다.

미끼를 던졌더니 바로 물고 있는 꼴을 보고 있으면 우스울 수밖에 없었다.

천호령 회장이 창밖을 보며 낮은 목소리로 중얼거렸다.

"오명성 대통령, 당신은 돈을 받는 게 아니라 처음 계획했던 대로 주변인의 뇌물에 대한 걸 지워 달라고 말했어야 했어. 권력가가 돈에 눈이 멀면 앞이 보이지 않고 끝이 비참하다는 걸 아직도 모르나?"

천호령 회장의 입에는 비릿한 미소가 걸려 있었다.

그러면서도 그의 시선이 창밖을 둘러봤다.

그의 눈이 멈춘 곳은 덥수룩한 머리를 한 남자다.

다른 검사와 분위기부터 달랐다.

한눈에 알 수 있었다.

'저놈이 이민수구나?'

방금 오명성 대통령의 비서가 한 말을 천호령 회장은 똑똑히 들었다.

그는 오명성 대통령의 비서가 아직까지 자신에게 끈을 대고 있다고 생각했다.

어게인
마이라이프
SEASON2

천호령 회장은 돈이 있으면 귀신도 부릴 수 있다고 생각하는 사람이기 때문에 돈이 걸려 있는 비서가 자신을 버릴 수 없다고 여겼다.

그래서 방금 비서가 대통령에게 한 말이 사실은 자신에게 들려주기 위해서라고 생각하고 있었다.

천호령 회장이 커튼을 쳐서 창문을 가렸다. 그리고 핸드폰을 들었다.

그의 전화가 향하는 곳은 천시현이었다.

∽◦◦∾

그 시각, 천시현은 자택의 뒤편에 있는 창고에 있었다.

창고라고 말하지만 고등학교의 작은 강당만 한 크기다.

검찰이 들어온 걸 알고 헐레벌떡 창고로 달려온 그녀는 뭔가를 찾는 중이었다.

검찰이 들어올 거라는 건 희우에게 들어 미리 알고 있었다. 그리고 검찰의 압수 수색 이유가 그녀의 아버지 천호령 회장에 대한 압박이라는 것도 잘 알았다.

그래서 평온하게 있었는데, 막상 검찰이 들어오자 겁이 나기 시작했다. 혹시나 대통령의 아들을 친 범인이 자신이라는 증거가 나오지 않을까 하는 두려움이다.

그래서 그녀는 창고에 와서 뒤지고 있었다.

이곳은 당시 교통사고가 났던 차량을 잠시 숨겨 뒀던 공간
이다. 아무래도 두 명을 크게 치었으니 차량의 상태가 멀쩡
할 수는 없었다.

바닥에 혹시나 깨진 부품을 흘리지는 않았는지 애를 쓰며
찾고 있었다.

그때 그녀의 핸드폰이 울렸다.

아버지 천호령 회장이었다.

"네, 아버지."

─어디야?

희우는 아직 언덕에 있는 주차장에 있었다.

멀리 자동차의 헤드라이트가 보였다.

그리고 잠시 후, 헤드라이트를 번쩍이던 자동차는 주차장
으로 들어와 희우의 차 옆에 주차했다.

시동이 꺼지고 차에서 내린 사람은 서도웅이었다.

희우가 말했다.

"키는 꽂아 둬. 잠시 후에 타고 갈 거니까."

"네, 알겠습니다."

서도웅은 희우의 옆으로 와서 섰다.

아직 추운 날씨였다.

어게인
마이라이프
S E A S O N 2

팔짱을 낀 서도웅은 몸을 부르르 떨며 잠시 언덕 아래를 내려다보다가 입을 열었다.

"아까 오면서 봤는데요. 천호령 회장 집인가요? 난리던데요?"

희우가 가볍게 고개를 끄덕이자 서도웅이 다시 입을 열었다.

"그런데 천호령 회장이나 대통령이 의원님 생각대로 움직일까요?"

"아마도?"

"어떻게 그렇게 자신하세요?"

희우가 어깨를 으쓱해 보였다. 그리고 말했다.

"욕심 앞에서 사람은 단순해지니까. 그리고 오명성 대통령은 그 욕심을 이길 수 없는 사람이고, 천호령 회장은 오명성 대통령의 욕심을 이용하려고 하는 사람이니까. 쉽지?"

"아뇨."

당연히 쉽지 않은 일이다.

잠시 후, 희우가 손목을 들어 시간을 확인하며 말했다.

"시동 걸어 둬. 숙녀분이 타는데, 따뜻하게 해 둬야지."

서도웅이 자신이 끌고 온 차로 걸어가 시동을 걸었다.

희우는 잠시 서도웅을 바라보다가 다시 언덕 아래를 내려다봤다.

그리고 조용히 미소 지었다.

아직은 모든 것이 계획대로 움직이고 있었다.

그 시각, 김석훈의 집.

김석훈은 잠에서 깨어 중앙 지검 정필승 지검장으로부터 전화를 받고 있었다.

김석훈의 미간이 찌푸려졌다.

"검찰이 천호령 회장집을 압수 수색하고 있다고?"

김석훈은 정필승 지검장과의 전화를 끊었다.

잠시 침대에 앉아 있던 김석훈은 머리를 쓸어 넘기며 자리에서 일어나 창가에 섰다.

그의 시선이 창밖을 훑었다.

도로를 지나는 차량이 간간이 보일 뿐이다.

이른 새벽이라 그런지 오가는 사람은 보이지 않았다.

하지만 김석훈의 시선은 어두운 도로를 물끄러미 보고 있었다.

물론 도로를 보는 건 아니었다.

그는 깊은 생각에 빠져 있었다.

'검찰이 천호령 회장 집을 압수 수색을 한다고? 나선 놈은 이민수?'

김석훈은 고개를 저었다.

이민수가 움직였다면 희우와 연관이 있는 거다.

'무슨 생각을 하는 거냐?'

어게인
마이라이프
SEASON2

이 새벽에 천호령 회장의 자택을 급습하다니, 어떤 이유인지 잘 이해되지 않았다.

여기까지 생각한 김석훈의 눈이 순간적으로 확 찌푸려졌다.

'혹시?'

그는 다시 핸드폰을 들었다. 그리고 천시현의 번호를 찾아 통화 버튼을 눌렀다.

신호음이 흘렀지만 그녀는 전화를 받지 않았다.

―전화를 받지 않아…….

김석훈의 찌푸려졌던 미간은 이제 일그러지고 있었다.

그는 통화 종료 버튼을 누른 후 희우의 전화번호를 찾았다. 그리고 다시 통화 버튼.

수화기 너머에서 익숙한 목소리가 흘러나왔다.

―김희우입니다. 야심한 시각에 어쩐 일이십니까?

"어디지?"

―알고 전화하신 거 아닌가요? 가르쳐 준 사람은 정필승 지검장?

김석훈의 입에서 한숨이 짧게 새어 나왔다.

김석훈이 희우를 읽는 것처럼 희우 역시 김석훈을 읽고 있었다.

김석훈이 무거운 목소리로 말했다.

"희우야."

―말씀하세요.

"멈춰."

—무슨 말씀이죠?

"천호령 회장을 막다른 길에 몰지 마. 그건 내가 해결하도록 하지."

—무슨 말씀인지 모르겠군요.

김석훈은 잠시 아무 말을 하지 않았다.

전화기를 손에 든 채 무엇인가를 생각하는 모양이었다.

그리고 그가 손목을 들어 시간을 확인하며 다시 입을 열었다.

"천호령 회장 집 위에 있는 공영 주차장에 있나? 그쪽 전망이 아주 좋지? 별이 보이지는 않겠지만 서울의 야경이 한 번에 눈에 들어오니까."

—무슨 말씀인지 모르겠군요.

"조금 이따가 보지."

김석훈은 더 이상 말하지 않고 천천히 전화를 끊었다.

희우에게 특별한 말을 듣지는 않았다.

하지만 김석훈은 희우가 어디에 있는지 알 수 있었다.

김석훈의 눈은 겨울의 밤보다 더 차가웠다.

그의 차가운 시선이 다시 창밖을 내려다봤다.

잠시 후, 천천히 방을 벗어난 그는 옷장에서 재킷을 꺼내 걸치며 현관을 나섰다.

밖으로 떠나려던 김석훈의 시선이 집의 거실에서 멈춰 섰다. 그의 차가웠던 눈빛은 순간이나마 아쉬움으로 채워져 있었다.

                           ✧〜∾〜✧

천호령 회장 자택 근처의 주차장.

희우는 끊어진 전화를 보며 고개를 저었다.

그의 어두운 표정을 보던 서도웅이 물었다.

"왜 그러세요?"

희우가 한숨을 내쉬며 말했다.

"톱니바퀴 하나가 빠진 것 같아서."

"네? 톱니바퀴요?"

희우는 작게 고개를 끄덕였다.

지금의 모든 상황은 톱니바퀴가 오차 하나 없이 잘 맞물려 돌아가는 것과 같았다.

그런데 희우의 계산에 존재하지 않던 김석훈이 움직인다.

나비의 날갯짓이 태풍을 만들어 낸다고 김석훈의 투입이 어떤 변화를 만들어 낼지 예상할 수 없었다.

희우는 김석훈이 서울로 올라온 이후 잦은 만남을 가졌다.

하지만 김석훈은 언제나 철저히 가면을 쓰고 있었다.

아무리 희우라 할지라도 두꺼운 가면 속에 숨겨진 김석훈의 속마음을 읽기란 어려운 일이었다.

속을 모르는 사람과 함께 일한다는 것은 위험한 일이다.

그래서 희우는 이번 계획에 김석훈이 들어오지 않기를 바라고 있었다.

김석훈이 모르기를 바랐다.

하지만 늦었다.

김석훈은 이곳으로 오고 있었다.

희우는 자신의 뺨을 긁적이며 생각에 빠졌다.

그의 머릿속에서는 김석훈과 연관된 상황이 수없이 많이 생겨났다가 사라지기를 반복했다.

하나의 어긋남 없이 완벽한 상황을 만들기 위해서였다.

그렇게 한참 동안 생각에 빠졌던 희우가 시선을 옆으로 돌렸다.

그의 옆에는 눈을 깜빡이고 있는 서도웅이 있었다.

희우가 입을 열었다.

"계획을 조금 바꿔야겠어. 천시현이 이곳에 오면 네가 운전하도록 해. 목적지는 제왕 백화점 수원점."

"수원점요?"

그곳에 천유성 대표가 있었다.

그는 혹시나 모를 서울의 위험성을 피해 현재 수원에서 천시현을 기다리고 있었다.

그리고 그것이 희우가 이곳 주차장에 있는 이유였다.

희우는 지금 천시현을 기다리고 있었다.

서도웅이 이해하지 못했다는 듯 눈을 동그랗게 뜨고 깜빡였다.

"원래 계획은 천시현이 제가 타고 온 차를 타는 거 아니었나요? 저는 의원님 차를 타고 가는 거고요?"

희우가 고개를 끄덕였다.

"계획은 바뀌었어. 네가 몰고 가는 게 좋을 것 같아."

서도웅은 눈을 깜빡거렸다.

하지만 희우는 그의 의문을 풀어 주지 않았다.

희우는 다시 언덕 아래로 시선을 향할 뿐이었다.

희우의 입에서 작게 한숨이 흘렀다.

천시현 혼자 보내게 된다면 자칫 중간에 김석훈과 마주칠 수도 있다.

그녀 혼자 김석훈과 마주치게 되는 것은 막아야 했다.

김석훈은 뱀의 혓바닥을 가지고 있으니 천시현은 그에게 넘어갈 수도 있었다.

희우는 팔짱을 낀 채 손가락만 톡톡 움직였다.

계속해서 깊은 생각에 빠진 것이다.

김석훈이 먼저 이곳에 도착했을 경우도 생각해야 했다.

천시현이 먼저 온다면 계획의 큰 변화는 없다.

하지만 김석훈이 먼저 온다면 모든 계획을 수정해야 하기 때문이다.

희우는 팔짱을 낀 채 깊은 생각에 빠져 가만히 언덕 아래를 내려다봤다.

그 시각, 천호령 회장의 자택.

민수는 천호령 회장의 집 안을 휘적휘적 서성이고 있었다.

그때 민수의 핸드폰이 울렸다.

전석규 총장의 전화다.

─그만 나와. 그만 헤집으라고 위에서 지시가 내려왔어.

민수는 고개를 저으며 핸드폰 화면에 있는 시간을 확인했다.

"그래도 오래 버텼네요? 더 빨리 전화가 올 줄 알았는데 요. 흘흘흘."

전석규 총장이 말했다.

─나온 건?

"없습니다. 특별한 건 죄다 꽁꽁 숨겨 뒀나 봐요."

─적당히 하고 빠져.

"넵, 알겠습니다."

─그리고 희우와 연락되면 나 좀 보자고 하고.

"그것도 알겠습니다, 흘흘흘."

민수는 전화를 끊었다.

그의 입가에 걸렸던 묘한 미소는 점차 희미해졌다.

천호령 회장 집의 수색을 끝까지 밀어붙일 수 없다는 건 처음부터 예상하던 일이었다.

천호령 회장이 오명성 대통령과 어떤 거래를 통해 지금의 위기를 벗어나려 할 건 당연했기 때문이다.

하지만 예상했다고 해도 돈 앞에서, 권력 앞에서 또다시 밀려나는데 기분마저 괜찮을 수는 없었다.

민수가 낮은 목소리로 말했다.

"지금부터 10분. 그동안 집에 있는 쓰레기도 다 확인해."

민수의 지시에 검사들이 빠르게 움직이기 시작했다.

그때 민수의 시선이 천호령 회장의 방이 있는 곳으로 향했다.

꽉 닫힌 문.

천호령 회장은 검사들이 집 안에 들어온 이후 단 한 번도 얼굴을 내비치지 않았다.

민수의 눈에 천호령 회장의 얼굴이 보이는 것 같았다.

"끝까지 버티세요, 중간에 항복하지 말고."

민수의 입꼬리가 비틀렸다.

～～～

그 시각, 천시현은 조심스레 집 뒷길 정원을 걷고 있었다.

그녀의 눈에 문이 보였다.

뒤뜰에 있는 문으로 평소 잘 사용하지는 않는 문이었다.

문 앞에 선 그녀는 작게 한숨을 내쉬고 주변을 살폈다.

보이는 사람은 없었다.

인기척도 느껴지지 않았다.

아무도 없다는 걸 확인한 그녀는 그제야 조심스레 문을 열었다.

끼익.

조용한 새벽이라 그런지 문에서 나는 기름칠 덜된 소리가 평소보다 더욱 크게 들리는 것 같았다.

천시현은 혹시나 그 소리를 누가 들을까 미간을 찌푸리며 입술을 살짝 깨물었다.

그녀의 눈동자가 다시 주변을 살폈다.

다행히 소리를 듣고 쫓아오는 사람은 없는 것 같았다.

그녀의 입에서 긴장된 한숨이 다시금 흘렀다.

그리고 그녀는 작게 열린 문틈 사이로 조심스레 발을 내밀었다.

그렇게 완전히 몸을 밖으로 빼낸 그녀는 조심스레 벽에 몸을 붙이고 언덕을 오르기 시작했다.

언덕을 오르던 그녀는 자신의 꽉 쥔 손을 바라봤다.

그녀의 손에는 USB가 있었다.

USB 안에 어떤 내용이 숨어 있는지 알지 못했다.

하지만 아버지 천호령 회장도, 김석훈도 그리고 김희우까지 원하는 USB다.

바보가 아닌 이상 USB의 중요성은 예상할 수 있었다.

그녀는 다시 한숨을 내쉬었다.

그녀의 머릿속에 천호령 회장이 했던 말이 떠올랐다.

창고에서 차량의 흔적을 찾던 그녀는 천호령 회장의 전화를 받았다. 그리고 천호령 회장이 있는 방으로 들어갔다.

그녀가 들어오자 천호령 회장이 말했었다.

–오늘 밤이 지나면 모든 게 제자리로 돌아갈 거야. 그러니까 그때까지만 이것을 가지고 있도록 해.

천호령 회장이 준 것은 USB였다.

천시현이 손바닥 안의 USB를 가만히 보고 있을 때, 천호령 회장이 말을 이었다.

–길어야 두 시간일 거야. 그때까지 밖에 있도록 해.

천호령 회장은 이민수 검사의 폭주를 걱정해서 천시현에게 USB를 건넸다.

대통령을 통해 검찰의 압수 수색을 멈췄지만 이민수라는 이름의 검사는 마지막 10여 분 동안 난리를 칠 수도 있었다.

만약 그때 그가 어떤 식으로든 손에 USB를 넣는다면 지금까지 해 왔던 모든 계획이 무너지게 된다.

언제나 최악을 가정하고 움직여야 하는 천호령 회장은 그것만은 막아야 한다고 생각했다.

그래서 천호령 회장은 천시현에게 USB를 넘겼다.

그 대상이 천시현인 이유는 그녀가 가족이기 때문이다.

그래도 핏줄인데, 이런 상황에서 천시현이 천호령 회장을 배반할 거라고 생각하지는 않았다.

물론 그것은 천호령 회장의 실수였다.

언덕을 올라가던 천시현은 방금 일어났던 일을 떠올리며 고개를 저었다.

그녀가 낮은 목소리로 말했다.

"죄송해요, 아버지."

그녀의 머릿속에는 그저 죄송스러움만 있을 뿐이다. 그녀는 천호령 회장이나 가문이 아니라 자신이 살기 위한 최선의 방법을 찾고 있었다.

희우는 여전히 언덕 아래를 바라보고 있었다.

그가 손목을 들어 시간을 확인했다.

'이제 슬슬 올 시간이 다 되었는데.'

희우가 예측한 대로 상황이 흘러갔다면 이제 천시현이 나타날 시간이 가까워져 오고 있었다.

이제 길어야 앞으로 5분.

그 시간이면 천시현이 나타날 것이다.

다행히 아직 김석훈은 나타나지 않았다.

김석훈을 변수로 여기고는 있었지만 이곳에 나타나지 않는다면 다행히 불안 요소로 끝날 뿐이다.

계획의 변화 없이 희우가 생각한 대로 처음부터 끝까지 완벽하게 끝나는 것이다.

천시현에게 USB를 건네받고 그녀는 천유성 대표에게 안전하게 보낸다.

'그리고 USB를 확인하고…….'

그렇게 생각하고 있었는데, 멀리서 자동차가 올라오는 게 보였다.

'설마?'

희우의 눈이 찌푸려졌다.

이 시간에 이곳에 차를 끌고 올 사람은 없다.

그리고 그 설마는 사실이 되어 버렸다.

희우와 서도웅이 타고 온 차량 옆으로 멈춰 선 승용차.

그곳에서 김석훈이 내리고 있었다.

차에서 내린 김석훈은 조용히 차량의 문을 닫았다.

고요한 새벽의 주차장엔 승용차의 문 닫히는 소리만 들릴 뿐이었다.

김석훈의 시선은 처음 희우에게 향했다.

하지만 그의 눈동자는 곧 희우의 옆에서 벗어났다.

그리고 누구를 찾는 모양인지 주차장 주변을 훑었다.

잠시 주변을 확인했지만 주차장에는 희우와 서도웅 그리

고 김석훈 외에는 보이지 않았다.

김석훈의 시선이 마지막으로 희우에게 향했다.

"천시현은 아직 안 왔나?"

"……."

희우가 아무 대답이 없자 김석훈의 입꼬리가 비틀렸다.

그가 말을 이었다.

"다행이군."

김석훈은 뚜벅뚜벅 희우의 앞으로 다가왔다.

희우는 짧게 한숨을 내뱉으며 시선을 돌려 언덕 아래를 바라봤다.

김석훈 역시 희우의 옆에 서서 언덕 아래로 시선을 향했다.

두 사람의 옆에 있던 서도웅은 조심스레 한 발 두 발 뒤로 물러섰다. 아무래도 자신이 있을 곳이 아니라는 생각이 들었기 때문이다.

그렇게 서도웅은 주춤주춤 뒤로 물러나 자신이 타고 온 차량 앞으로 걸어가 섰다. 그리고 서도웅은 희우와 김석훈의 등을 바라봤다.

희우와 김석훈은 마주 보지 않고 언덕 아래를 보는 중이었다.

그리고 서도웅은 몰랐지만 희우와 김석훈 사이에는 무거운 침묵이 흐르고 있었다.

무거운 침묵을 깬 것은 김석훈이었다.

"USB를 어떻게 하려고 그러지?"

희우가 피식 웃었다.

"제가 직접 손에 넣고 확인해 보려고 합니다. 어떤 내용이 있는지, 도대체 누구의 이름이 있는지 궁금하네요."

"확인한 다음에는 어떻게 할 생각이지?"

"세상에 알릴 수도 있고, 어쩌면 덮어야 할 수도 있겠죠."

덮고 싶은 마음은 없었다.

하지만 USB 안에 어떤 내용이 들어 있는지 몰랐다. 그렇기에 확실하게 말할 수 없었다.

희우가 예상한 것보다 더 큰 무엇인가가 있다면, 그래서 대한민국이라는 나라가 감당할 수 없다면 덮어야 했다.

희우의 말에 김석훈의 입에서 짧게 한숨이 새어 나왔다. 그리고 말했다.

"난 많은 고민을 했어. 내가 USB를 손에 쥐면 터뜨릴 수 있을까?"

희우의 눈이 찌푸려졌고, 김석훈은 계속 말을 이었다.

"천호령 회장은 대한민국에서 현금이 가장 많다고 소문난 사람이야. 대한민국에서 천호령 회장의 돈을 받지 않은 권력자는 없을 거라고 국민이 말할 정도니까, 두려웠지."

"……."

"때로는 아무리 악이라 할지라도 묻어 두는 게 역사적으로 옳을 때도 있으니까."

김석훈은 잠시 말을 멈추고 언덕 아래를 내려다봤다.

희우는 가만히 그의 다음 말을 기다렸다.

그리고 김석훈이 낮은 목소리로 입을 열었다.

"그다음에는 궁금했어."

"……?"

"네 손에 들어가면 어떻게 될까? 난 두려워서 열어 보지 못했는데, 넌 과연 그 USB를 볼 수 있을까? 본다면 어떤 행동을 할까?"

희우의 입가에 비릿한 미소가 걸렸다.

"이제 조금 있으면 그 궁금증이 풀릴 겁니다."

김석훈이 고개를 저었다. 그리고 무거운 목소리로 말했다.

"아니."

"……!"

희우의 시선이 김석훈에게 향했다.

김석훈은 여전히 희우와 눈을 마주치지 않았다.

그저 언덕 아래를 바라보고 있었다.

김석훈이 천천히 말을 이었다.

"이 세상을 이렇게 만들어 놓은 것은 나야. 조태섭을 도와 권력을 좌지우지하던 사람이 바로 나야. 그 덕에 김희우라는 괴물이 탄생했고, 괴물은 조태섭을 잡아먹었어."

"……"

"조태섭은 사라졌지만 그가 가지고 있던 힘은 사라지지 않았어. 구심점을 잃고 세상을 떠돌았을 뿐이지."

"……."

"그리고 그 힘은 지금 돈을 가진 천호령 회장과 오명성 대통령 그리고 몇몇 악덕 기업인이나 정치가에게 가 있지. 한 곳에 몰려 있던 힘이 개개인에게 퍼져 있으니 서로가 잘났다고 싸우는 거야."

"……."

"그 피해는 고스란히 국민이 받는 것이고."

희우가 고개를 저었다.

김석훈이 무슨 말을 하는지는 누구보다 이해되었다.

희우 역시 지금 세상이 이렇게 된 것이 모두 자신 때문이라고 생각하는 중이었기 때문이다.

다만 다른 점이 있다면 김석훈은 조태섭을 도운 반면, 희우는 조태섭을 무너뜨렸다는 차이가 있었다.

희우가 말했다.

"새벽 공기를 맡으면 감상적으로 변한다고 하던데, 지금 고해성사하시는 겁니까?"

김석훈이 피식 웃었다.

"아니, 애초에 조태섭이 모든 힘을 가지고 있지 않았다면 벌어지지 않았을 일이야. 그게 내가 이곳에 온 이유야. 그래. 내가 만든 세상이니까 내가 해결해야지."

희우의 입에서 작게 한숨이 흘렀다.

그가 고개를 저으며 말했다.

"고해성사도 했는데 죄송합니다. 전 김석훈 의원님을 믿을 수 없습니다. 그래서 지금의 일은 제가 해결하겠습니다."

김석훈의 미간이 찌푸려졌다.

희우가 말을 이었다.

"제가 믿는 사람이 몇 없는데, 그게 김석훈 의원님은 아니네요."

"아쉽군."

"죄송합니다."

"그럼 나도 내 방식으로 할 수밖에 없어."

두 사람의 눈이 허공에서 마주쳤다.

싸늘한 눈빛이 오갔다.

차가운 공기가 두 사람의 사이를 채우고 있었다.

그때 언덕을 올라오는 발소리가 들렸다.

희우와 김석훈의 시선이 그 소리가 나는 곳으로 향했다.

가로등 아래로 천시현이 보였다.

언덕을 올라오느라 지쳤는지 그녀는 숨을 가쁘게 몰아쉬고 있었다. 그리고 눈을 깜빡이며 희우와 김석훈을 번갈아 바라봤다.

희우를 봤을 때는 괜찮았던 그녀의 표정이 김석훈을 봤을 땐 겁에 질리고 있었다.

김석훈은 차분한 표정으로 그녀를 바라봤지만 그녀가 보기에 김석훈은 악귀와 같았다.

그녀가 떨리는 목소리로 입을 열었다.

"어, 어떻게……?"

김석훈이 어떻게 여기에 있냐는 소리다.

하지만 김석훈은 아랑곳하지 않고 그녀를 향해 발을 옮겼다.

다시 주차장에는 김석훈의 구두 굽 소리가 울렸다.

그녀에게는 그 소리가 사신의 발소리같이 들렸다.

그리고 김석훈이 천시현의 앞에 멈춰 섰다.

"가지고 온 걸 나에게 넘겨."

천시현의 떨리는 눈동자가 김석훈을 바라봤다가 뒤에 있는 희우에게 향했다.

희우가 고개를 저었다.

"김석훈 의원님, 지금 뭘 하는 겁니까?"

김석훈은 뱀의 혓바닥을 가지고 있다.

천시현과 오래 대화하게 놔둬서는 안 된다.

하지만 이미 늦었다.

잠시 희우를 바라봤던 천시현의 떨리던 눈동자는 김석훈을 바라보고 있었다.

김석훈이 다시 입을 열었다.

"김희우가 자네에게 줄 건 없을 거야. 하지만 내가 자네에게 줄 수 있는 것 있어."

"내게 줄 수 있는 거요?"

"자유. 더 이상 떨지 않고 살 수 있는 자유."

김석훈은 품에서 메모리 카드를 하나 들어 빙글 돌려 보였다. 그리고 빙긋이 미소를 그리며 계속 말했다.

"이게 필요하지 않나?"

천시현의 눈동자가 더욱 커졌다.

"서, 설마 동영상이 지, 진짜로 있던 거예요?"

김석훈이 가볍게 고개를 끄덕이며 말했다.

"난 헛소리를 하지 않아. 그러니까, 자네가 대통령의 아들을 교통사고 냈을 때 카메라 몇 대를 나뭇가지에 설치해 뒀거든."

천시현이 입술을 꽉 깨물었다. 그리고 원망스러운 눈빛으로 김석훈을 바라봤다.

하지만 김석훈은 아랑곳하지 않았다.

천시현을 보며 건조하게 말을 이을 뿐이다.

그가 계속 말했다.

"보기보다 사진이 꽤 잘 나왔어. 누가 봐도 천시현이라는 걸 알 수 있을 정도로 선명하지."

"……."

"우리 교환하는 게 어때? 자네가 가지고 온 USB와 내가 가지고 있는 메모리 카드."

뒤에서 희우가 말했다.

"김석훈 의원님!"

김석훈이 시선을 뒤로 돌렸다.

그리고 김석훈과 희우의 눈이 다시 한 번 허공에서 복잡하게 얽혀 들어갔다.

김석훈의 낮은 목소리로 말했다.

"희우야, 믿지 않아도 좋아. 하지만 말했잖아. 내가 해결할 거야. 그게 내가 내 죄를 선고하는 방법이야. 그러니까 방해하지 마라. 그러지 않으면 난 너 역시 지옥으로 끌고 갈 수 있어."

"……!"

"괴물도 지옥에 들어가는 건 두려울 거야."

지옥이 무엇인지는 알 수 없었다.

하지만 김석훈의 눈동자에는 광기가 스며 있었다.

희우가 입을 꽉 다물자 김석훈의 시선이 다시 천시현에게 향했다.

천시현은 아직 망설이고 있었다.

김석훈이 계속 말했다.

"천시현, 회장님께 뭘 배운 거야? 자네는 자네가 가장 이득이 될 상황만 따지면 돼. 장사꾼의 딸이 의리를 지킬 필요는 없어. 지금 자네에게 필요한 게 뭐지? 메모리 카드인가, 아니면 김희우와 약속한 어떤 대가인가? 김희우와 약속한 대가가 무엇인지는 모르겠지만 이 메모리 카드보다 중요한가?"

"……."

"자, 선택해 봐."

그녀의 눈동자가 희우에게 향했다.

희우는 작게 고개를 저었다.

그녀의 눈동자는 다시 김석훈에게 향했다.

그리고 떨리는 목소리로 힘겹게 입을 열었다.

"메, 메모리 카드요."

김석훈의 입가에 비릿한 미소가 걸렸다.

그가 고개를 끄덕이며 천시현의 손으로 시선을 향했다.

천시현이 무거운 한숨을 내쉬며 쥐고 있던 손을 폈다.

그녀의 손바닥 위에 USB가 놓여 있었다.

김석훈이 USB를 자신의 손에 들었다. 그리고 그녀의 손에는 메모리 카드를 내려 뒀다.

그녀의 눈이 자신의 손에 놓인 메모리 카드로 향할 때, 김석훈이 차갑지만 낮은 목소리로 말했다.

"만약 한 번 더 내 딸의 이름이 네 입에서 나오면, 네 입에서 죽은 사람이 부럽다는 말이 나오도록 만들어 줄 거야."

"......!"

그 목소리는 가까이 있는 천시현만이 들을 수 있었다.

천시현에게 벌어진 이 모든 일은 그녀가 김석훈의 딸 김한미를 이용하려고 했기 때문에 일어난 것이다.

천시현의 큰 눈동자가 사정없이 떨리고 있었다.

김석훈은 빙긋이 미소를 그리고 천시현의 어깨를 툭툭 치며 말했다.

"끄덕여."

천시현은 바들바들 떨며 고개를 끄덕일 수밖에 없었다.

그녀의 고개가 끄덕여지는 걸 보며 김석훈은 몸을 돌렸다. 그리고 뚜벅뚜벅 희우의 앞으로 걸어갔다.

두 사람의 거리는 점차 좁혀졌다. 그리고 김석훈이 희우의 앞에 섰다.

두 사람은 아무 말도 하지 않았다.

그저 서로를 노려볼 뿐이었다.

김석훈이 입꼬리를 말아 올리며 품을 뒤적거렸다.

그리고 하얀 종이봉투 하나를 꺼내 희우에게 말없이 건넸다.

희우가 시선을 내려 하얀 종이봉투를 바라보자 그제야 김석훈이 입을 열었다.

"부탁 하나만 하지. 편지 좀 부쳐 줄 수 있나?"

"편지라면 직접 부쳐도 될 텐데요."

"주소를 몰라서."

희우는 편지 봉투를 뒤집어 봤다.

받는 사람에 '이명희'라는 이름이 적혀 있다.

김석훈이 말했다.

"한미 엄마 이름이야. 자네가 돈을 잘 버니 우표값은 대신 내줬으면 해. 그 정도는 한때 같이 검사 밥을 먹었던 사람으로 해 줄 수 있겠지?"

"지금 뭐 하는 거죠?"

"글쎄."

김석훈은 빙긋이 미소를 그린 채 희우를 바라봤다.

그리고 말했다.

"내가 얼마 전에 알게 됐는데 자네, 검찰에 들어오기 전에 나를 알고 있었지? 한미 졸업식에서 봤나 그랬을 거야."

"무슨 말을 하려고 하는 거죠?"

"오래된 인연의 마침표를 찍으려고 하는 거야."

김석훈은 몸을 돌렸다. 그리고 자신의 자동차로 걸어갔다.

희우는 주차장을 벗어나는 김석훈의 차를 바라보다가 작게 한숨을 내쉬었다. 몇 번을 생각해 봤지만 김석훈이 어떤 생각을 가지고 있는지 도저히 예측할 수 없었다.

그의 차량이 완전히 떠났을 때, 서도웅이 희우의 옆으로 다가왔다.

"의원님, 이제 어떻게 하죠?"

"뭘 어떻게 해? 약속했던 것처럼 천시현 씨를 제왕 백화점 수원점으로 모셔다드려."

"네?"

서도웅은 눈을 깜빡였다.

이미 원하던 것을 김석훈에게 빼앗겼는데, 계속해서 계획을 진행하라니…….

그가 생각에 빠져 있을 때, 희우의 시선은 다시 천시현에게 향했다. 그리고 말했다.

"주세요."

천시현은 고개를 끄덕이며 희우의 앞으로 다가왔다.

그녀의 눈동자엔 겁을 먹은 기색은 보이지 않았다.

천시현이 희우의 앞에 서서 USB를 꺼내 보였다.

희우는 천시현에게 혹시 김석훈이 올 수 있으니 속일 수 있는 USB를 하나 더 챙기라는 지시를 했었다.

그녀는 희우의 말을 충실히 따랐고 김석훈은 드라마가 들어 있는 USB를 가지고 그 자리를 떠나게 된 것이다.

천시현이 희우에게 USB를 건넸다.

희우가 USB를 손에 쥐며 슬쩍 미소 지었다.

그의 시선이 김석훈이 떠난 자리를 바라봤다.

'죄송합니다, 김석훈 의원님. 유언 같은 말을 했는데, 아직 죽을 때는 아닌 것 같습니다.'

Chapter 5

잠시 후.

천호령 회장 자택 인근의 주차장.

천시현은 서도웅이 운전하는 차를 타고 이곳을 떠난 지 오래였다.

하지만 희우는 여전히 그 자리에 서서 언덕 아래에 있는 천호령 회장의 자택을 바라보고 있었다.

차가운 바람이 불어왔지만 미동도 없었다.

밤을 꼬박 새고 있지만 눈에도 피곤함은 보이지 않았다.

마치 처음부터 그 자리에 있었던 바위 같았다.

희우는 그렇게 한참을 그 자리에 서 있었다.

그 시각, 천호령 회장의 자택에는 박스를 들고 나르는 사람들이 눈에 보였다. 박스에 담겼던 물품들이 다시 천호령 회장의 자택으로 들어오는 중이었다.

다른 사람들이 바삐 오가고 있을 때, 민수는 그 자리에 선 채 굳게 닫힌 천호령 회장의 방문을 보고 있었다.

천호령 회장의 방은 2층에 있었고, 민수는 1층에서 계단 너머의 방을 매섭게 바라봤다.

윗선의 지시로 새벽의 급습은 흐지부지되었다.

사실 천호령 회장과 오명성 대통령의 불편한 관계를 조금만 예측해 본다면 흐지부지될 것은 쉽게 예상할 수 있는 일이었다. 하지만 아무리 예상하던 일이라 하지만 기분이 좋을 수는 없었다.

민수는 검사였고 계단 너머 방에 있는 천호령 회장은 죄의 혐의가 있는 사람이다.

민수의 입꼬리가 비틀렸다.

그리고 그가 묘하게 웃기 시작했다.

"흘흘흘흘."

박스를 들고 주변을 오가는 사람들은 실성한 듯 웃고 있는 민수를 아무도 신경 쓰지 않았다.

잠시 천호령 회장의 방문을 보며 웃던 민수는 덥수룩한 머리를 북북 긁으며 걷기 시작했다.

그가 향한 곳은 계단이다.

그리고 곧장 계단을 걸어 올라가기 시작했다.

아래에서 박스를 나르던 사람들의 행동이 모두 정지되었다.

그들의 시선은 모두 민수에게 고정되어 있었다.

'도대체 무슨 짓을 하려고?'

민수를 제외한 가장 선임인 검사가 멍하니 그를 바라보다가 거칠게 말했다.

"잡아!"

동시에 사람들이 민수를 향해 달려갔다.

하지만 늦었다.

민수는 이미 계단을 올라 천호령 회장의 방문을 똑똑 두들겼다. 그리고 낮은 목소리로 말했다.

"안녕하십니까? 대검찰청 이민수 검사입니다. 천호령 회장님께 드리고 싶은 말씀이 있어서 왔습니다."

"……."

"혹자는 지금 제왕 그룹을 조사하는 검찰을 보며 재벌 죽이기라는 말을 하고 있습니다. 또 누군가는 재벌을 거대 악이라 여기고 재벌을 무너뜨리면 그게 곧 정의, 또는 핍박받는 국민의 승리라고 여기는 것 같습니다."

민수가 낮게 숨을 내쉬었다. 그리고 계속 말했다.

"혹시 검찰이 제왕 그룹을 상대로 억지로 꼬투리를 잡아

흠집을 내고 언론을 통해 과장된 사실을 세상에 알릴까 봐 걱정이십니까? 검찰이 민중의 분노를 만들어 낸 후 여론을 움직일까 걱정이십니까? 만약 그게 걱정이라면 이러실 필요 없습니다."

"……."

"공정하게 조사해서 회장님의 죄를 묻겠습니다. 그러니까 치졸한 짓은 그만하셨으면 좋겠습니다."

민수는 여기까지 말하고 닫힌 방문을 향해 살짝 고개를 숙였다. 그리고 더욱 낮게 하지만 또렷하게 입을 열었다.

"조만간 다시 찾아오겠습니다. 그때는 얼굴을 뵙고 대화를 나눴으면 좋겠네요."

민수는 몸을 돌렸다. 그리고 뚜벅뚜벅 계단을 걸어 내려갔다.

방 안에 있던 천호령 회장은 손을 파르르 떨고 있었다.

새파랗게 어린 검사 놈에게 모욕적인 말을 들었으니 쉽게 화를 참아 내기가 힘들었다.

천호령 회장은 거친 숨을 토해 내며 창가로 걸어갔다.

그리고 살짝 열린 커튼 사이로 밖을 내다봤다.

검찰의 차량이 하나둘 떠나는 게 눈에 보였다.

천호령 회장의 입에서 깊은 한숨이 흘러나왔다.

오늘 밤 천호령 회장은 많은 것을 잃었다.

우선 그의 손발이 되어 더러운 것을 대신하던 점조직이 검찰의 습격을 받았다.

어게인
마이라이프
SEASON2

그뿐만 아니라 갑작스레 들이닥친 검찰을 물리느라 대통령에게 지분을 주기로 약속까지 했다.

천호령 회장은 주름진 손을 쥐었다 폈다가 하기를 반복하고 있었다.

짧은 몇 시간 동안 일평생 만든 자신의 손발이 날아가 버린 기분이었다.

그때 천호령 회장의 핸드폰이 울렸다.

천호령 회장이 불길한 눈빛으로 핸드폰을 손에 들었다.

발신 번호는 천유성 대표다.

천호령 회장의 미간이 찌푸려졌다.

그가 천천히 통화 버튼을 눌렀다.

ㅡ아버지, 오늘부터 시현이 독립한답니다.

"……!"

ㅡ혹시 시현이가 집에 들어가지 않아서 걱정할까 봐 전화했습니다. 앞으로는 제가 오빠로서, 그리고 이 집안의 가장으로서 시현이 책임지겠습니다. 그러니까 아버지는 이제 가족 걱정 그만하시고 휴식 좀 취하세요.

전화가 끊겼다.

천호령 회장은 창틀에 두 손을 올리고 고개를 숙이고 있었다.

그리고 잠시 후.

천호령 회장이 천천히 고개를 들었다.

절망으로 가득 찰 줄 알았던 그의 눈빛은 오히려 뭔가 상당히 즐거워 보였다.

그리고 어느새 밤이 지나고 멀리 동이 트기 시작했다.

희우는 아직도 천호령 회장의 자택 인근의 주차장에 있었다.

그는 여전히 그 자리에 서서 앞을 바라볼 뿐이었다.

희우는 품에서 핸드폰을 꺼내 시간을 확인했다.

시간은 새벽 4시를 넘어 5시에 가까워지고 있었다.

하지만 희우는 다시 핸드폰을 품에 넣고 언덕 아래를 내다 봤다.

그때 희우의 옆에서 병이 부딪히는 소리가 들렸다.

희우는 소리가 들려오는 쪽으로 시선을 움직였다.

그곳에서 민수가 검은 비닐봉지를 손에 들고 묘한 미소를 지은 채 걸어오고 있었다.

"오래 기다렸어? 흘흘흘."

"어떻게 됐어요?"

"뭘 어떻게 돼? 예상했던 대로야."

"대통령의 지시로 철수했나요?"

민수가 희우의 옆에 서며 고개를 끄덕였다.

"응."

희우의 입에서 작게 한숨이 흘렀다.

그의 한숨을 들으며 민수가 고개를 갸웃거렸다.

"한숨은 왜 쉬어? 다 네가 예상했던 일대로 흘러가고 있잖아?"

희우의 입가에 쓴 미소가 걸렸다.

"그래도 혹시나 하는 마음 있잖아요. 오명성 대통령이 천호령 회장의 제안을 멋지게 거절하지는 않았을까 하는 기대요."

"마냥 착한 사람이라면 대통령 못하지. 그만 앉자. 밤새 뛰어다녔더니 힘들다."

민수는 그 자리에 털썩 주저앉았다.

"아스팔트는 차갑구나. 그래도 좋다, 흘흘흘."

이곳은 주차장이었다.

하지만 개인 차고지를 가진 부유한 동네에 있는 주차장이라 그런지 세워진 차량은 보이지 않았다.

오직 희우가 타고 온 차만 주차되어 있을 뿐이다.

아무렇게나 앉은 민수가 희우를 보더니 빨리 앉으라고 손짓을 해 보였다.

희우가 피식 웃으며 민수의 앞에 똑같이 털썩 주저앉았다.

민수가 들고 왔던 검은 비닐봉지에서 소주병을 빼내 희우에게 건넸다. 그리고 자신도 병 하나를 손에 들었다.

"안주는 새우 과자야. 어때? 대학 때 생각나지 않아?"

말을 마친 민수는 뭐가 답답한지 소주를 병째 입에 대고 꿀꺽꿀꺽 마셨다. 그리고 턱을 타고 흘러내리는 소주를 닦으며 말했다.

"어서 마셔. 그래도 술이라고 들어가니 배 속이 뜨끈해진다."

겨울의 아침이었다.

희우는 밤새 밖에 있었기에 얼굴이 차갑게 얼어붙어 있었다. 하지만 내색하지 않고 슬며시 웃을 뿐이었다.

희우가 술을 입에 댔다가 떼자 민수가 다시 입을 열었다.

"잡을 수 있겠지?"

"천호령 회장요?"

"다. 전부 다."

희우가 고개를 저었다.

"아마 민수 선배 머릿속에 있는 사람을 모두 잡기는 힘들 거예요."

민수가 눈동자만 움직여 희우를 바라봤다.

희우가 슬쩍 웃으며 말했다.

"저는 안 잡힐 거니까요."

"죄지은 거 있어? 있으면 말해 줘. 내가 말했잖아, 네가 제일 대어라고. 흘흘흘."

이민수라는 이름의 검사가 분위기를 바꾸기 위해 하는 농담이었다.

희우는 가만히 민수를 바라봤다.

억지로 기분을 풀려는 민수의 마음이 조금은 이해가 됐다.

칼을 뽑았으면 무라도 썰어야 한다.

하지만 민수는 대통령의 지시로 천호령 회장의 자택에서

굴욕적으로 나오게 되었다.

함께 밤새 힘들었던 검사들에게 '고생했다.', '잘했다.' 같은 말 한마디 하지 못하고 빠져나와야만 했다.

그것은 아직도 민수에게 기분이 좋지 않았다.

민수가 말했다.

"그러니까, 대어 김희우는 꼭 나에게 잡혀야 해."

희우가 어깨를 으쓱해 보였다.

"잠깐 생각해 봤는데, 혐의를 입증할 만한 죄는 없는 것 같은데요. 아시잖아요, 내가 얼마나 흔적을 잘 지우는지."

"재미없는 놈. 나 같은 놈도 뒤집어 놓고 털면 먼지가 나오는데, 흘흘흘."

그 웃음소리를 희우도 따라 했다.

"흘흘흘."

민수가 인상을 찌푸렸다.

"따라 하지 마."

민수가 술을 마셨고 희우도 병을 들어 입에 댔다. 그리고 소주병을 내려 두며 민수를 바라봤다.

"선배, 안에서 다른 일은 없었나요?"

새우 과자를 입에 물던 민수가 눈을 깜빡이며 희우를 바라봤다. 그리고 고개를 저었다.

"아니, 특별한 일은 없었는데. 어떤 거?"

희우는 작게 한숨을 내뱉었다.

민수가 거짓말하지는 않고 있었다.

희우는 지금 USB에 관해 생각을 하고 있었다.

천호령 회장이 가지고 있던 USB는 한 개가 아니었다.

조진석이 복사한 것까지 총 두 개의 USB가 있어야 했다.

하지만 희우의 손에 있는 것은 단 하나다.

'그럼 어디 간 거지? 어떻게 된 거야?'

희우는 소주를 입에 대고 입술을 적시며 계속해서 생각에 빠져 갔다.

그는 오늘 천시현을 만나기 전 일어난 일을 간단하게 돌이키고 있었다.

우선 대통령의 비서가 민수에 대해 한 번 언급했다. 그 목소리는 천호령 회장에게 확실히 들어갔을 것이다.

그리고 민수는 집요하게 압수 수색을 벌였다.

천호령 회장은 민수의 집요함에 위기감을 느꼈을 것이다.

그는 이 과정에서 천시현에게 USB를 주고 그녀를 밖으로 내보냈다.

여기서 두 가지를 예상할 수 있었다.

첫 번째는 천시현이 김석훈에게 건넨 USB가 가짜가 아닌 진짜라는 것.

두 번째는 천호령 회장이 USB 하나를 밖으로 빼돌리지 않고 지금도 가지고 있다는 것이다.

희우의 눈이 겨울바람보다 더욱 차가워졌다.

만약 두 번째라면 일이 심각해진다.

일어났던 모든 일이 천호령 회장의 손바닥에서 놀고 있던 것이나 마찬가지이기 때문이다.

'도대체 무슨 생각이지? 나한테 USB를 넘긴 이유가 뭐야?'

두 번째 생각이 맞는다면 지금 들고 있는 USB는 천호령 회장의 의도대로 희우의 손에 들어오게 된 것이다.

희우의 입에서 한숨이 흘러나왔다.

천호령 회장의 자택.

천호령 회장은 방 안에 있는 의자에 앉아 손에 든 USB를 빙글 돌려 봤다.

그의 눈은 탐욕으로 가득 차 있었다.

'김희우, 네가 그 USB를 공개해야 내가 생각한 계획이 쉬울 수 있어. 그렇게 가지고 싶어 하던 USB를 줬으니 그걸 이용해서 지금의 정부를 무너뜨려 봐.'

그가 의자에서 일어섰다.

그리고 천천히 창문을 향해 걸어갔다.

창문 앞에 선 그의 시선이 멀리 언덕 위로 향했다.

천호령 회장의 눈이 멈춘 곳은 주차장이 있는 곳이었다.

그 주차장에서는 지금 희우와 민수가 소주를 마시고 있었다.

천호령 회장의 주름진 입가에 엷은 미소가 지어졌다.

◦◦◦◦◦◦

파도가 거칠게 몰아치는 방파제였다.

방파제를 따라 쭉 들어가면 대부도라는 작지 않은 섬이 나온다.

그 방파제 길의 중간에 김석훈의 차가 멈춰 서 있었다.

김석훈은 차량 밖으로 나왔다.

차가운 바람이 그를 훑고 지나갔다.

날씨도 추웠지만 바닷바람은 더욱 매서웠다. 하지만 김석훈은 인상을 찌푸리거나 하지 않았다.

그는 긴장된 숨을 내쉬며 입에 담배를 물었다.

평소 담배를 즐겨 피우는 스타일은 아니다.

오늘 그는 긴장하고 있었다.

흐린 담배 연기가 입 밖으로 뿜어져 나갔다.

동시에 파도가 방파제를 때리며 하얀 거품을 만들어 냈다.

김석훈은 손목을 들어 시간을 확인했다.

오전 7시.

그는 긴장된 표정으로 다시 담배를 힘껏 빨아들였다.

그리고 차량에 올라탔다.

조수석에 보이는 것은 노트북이다.

그는 노트북을 들어 전원 버튼을 눌렀다.

잠시 후, 바탕 화면이 나왔을 때, 김석훈의 입에서는 다시 한 번 한숨이 흘렀다.

그의 시선이 손에 들린 USB로 향했다.

예전에는 앞에 있어도 보지 못했던 USB다.

자칫 세상을 혼란에 빠뜨릴 수도 있다는 생각 때문이었다.

하지만 이번에는 어떤 내용이 있더라도 봐야 한다.

그게 그동안 그가 고민했고 그리고 결론 내린 일이었다.

김석훈은 입을 꽉 물고 USB를 노트북에 연결했다.

그리고 눈을 감았다.

누구나 한 번쯤은 생각해 보는 자신의 생에 대한 아쉬움. 김석훈은 그게 더욱 컸다.

눈을 감은 그의 머릿속에 정의로운 검사가 되고 싶어 하던 햇병아리 같은 앳된 자신의 얼굴이 떠올랐다.

그 순간은 사법 고시에 합격했던 그 날이다.

그의 옆에서 함께 기뻐하던 여자도 기억났다.

가난했지만 행복했던 시절이다.

그 후로는 흔한 이야기다.

성공을 위해 가난한 시절을 지켜 줬던 여자와 헤어졌다.

부잣집 딸과 만났다.

김석훈과 부잣집 딸은 사랑하지 않았다.

부잣집에서는 법조인이 필요했고, 김석훈에게는 돈이 필

요했기 때문이다.

검사로서 승승장구하던 김석훈은 조태섭을 만났다.

그리고 정치 검사로서 세상에 권력을 떨쳤었다.

김석훈의 입에서 '끄음.' 하고 신음 소리가 흘렀다.

정의로운 검사가 되고 싶었던 어린 청년은 부패한 검사, 타락한 검사가 되어 있었다.

다시 돌아가고 싶었다.

정의로운 검사가 될 수 없다면 하다못해 떳떳하게 사랑하던 사람과 함께하는 시절로 가고 싶었다.

이제는 나이가 들어 사랑하는 사람과 알콩달콩 간드러지게 살 수는 없겠지만 그래도 편안한 사랑을 할 수는 있을 것 같았다.

그러려면 다시 정의로운 그 감정을 가져야 한다.

그게 지난날의 속죄라고 생각했다.

김석훈은 천천히 눈을 떴다.

그리고 USB 안의 폴더를 열었다.

"어?"

김석훈의 눈동자가 떨려 왔다.

영화나 드라마 파일이 있을 뿐이었다.

계속해서 뒤져 봐도 마찬가지였다.

"이게 뭐야?"

김석훈의 눈이 붉게 충혈되었다.

그가 서둘러 핸드폰을 들어 희우에게 전화를 걸었다.

"이게 뭐지?"

ー천시현이 잘못 줬나 봅니다.

김석훈이 입을 꽉 깨물었다. 그리고 말했다.

"희우야, 넌 아직 젊어. 그건 위험해."

ー김석훈 의원님. 의원님도 아직 젊습니다.

"……!"

ー그러니까, 시비 걸려고 하는 말 같은 게 아니라 진심입니다. 아직 되돌아갈 수 있는 길은 많이 있습니다.

김석훈은 멍한 눈으로 전화를 내려 뒀다. 그리고 허망하게 웃기 시작했다.

밖에서는 파도가 치고 있었다.

희우의 집.

희우가 자리에서 일어난 것은 늦은 오후였다.

침대에서 일어난 희우는 어질한 것을 느끼며 손으로 이마를 짚었다.

밤새 잠 한숨을 못 자고 추운 밖에서 떨었다. 그런데 아침에는 민수와 함께 술까지 마셨으니 몸이 이겨 내기는 어려웠다.

희우는 지끈거리는 통증이 느껴지는 이마를 손으로 감싼

채 인기척이 느껴지는 옆을 바라봤다.

　문 앞에는 아내가 팔짱을 끼고 벽에 기댄 채 희우를 보고 있었다.

　"괜찮아? 꿀물 타 줄까?"

　희우가 억지 미소를 지으며 고개를 끄덕였다.

　"땡큐."

　그의 표정을 잠시 지켜보던 아내는 살짝 한숨을 내쉰 후 몸을 돌렸다.

　그리고 주방으로 간 아내가 꿀물을 타기 시작했는지 달그락 티스푼이 움직이는 소리가 희우의 귓가에 들려왔다.

　이어서 아내가 희우에게 말했다.

　"가족도 좀 생각해 줬으면 좋겠어."

　그녀의 목소리는 조심스러웠다.

　남편의 잘못이 없는 것은 알고 있다.

　하지만 때로는 다치기도 하고 추운 곳에서 떨다가 아침에나 들어오는 남편을 보면 걱정이 안 될 수는 없었다.

　그래서 몇 번을 생각하고 곱씹은 후에야 말하는 거다.

　그녀의 목소리가 이어졌다.

　"차라리 친구랑 놀다가 늦게 들어오는 거면 마음이 편할 것 같아."

　아내의 목소리를 들으며 희우는 쓴 미소를 지었다.

　그리고 아내가 방 안으로 들어와 꿀물이 든 컵을 내밀었을 때, 희우가 컵을 받아 들며 입을 열었다.

"미안."

아내는 가만히 희우를 보다가 어쩔 수 없다는 듯 고개를
저었다.

그녀가 말했다.

"나도 미안. 힘들어 보이는 여보가 걱정돼서 한 말이니까
신경 쓰지 마."

그녀가 희우에게 핸드폰을 건네며 말을 이었다.

"점심에 상만 씨한테 전화 왔었어."

"상만이?"

희우는 그녀에게서 핸드폰을 건네받았다. 그리고 상만의
번호를 찾아 통화 버튼을 눌렀다.

잠시 통화 연결음이 이어지고 상만의 목소리가 들리자 희
우가 다급하게 물었다.

"어떻게 됐어?"

얼마 전, 희우는 상만에게 천유성 대표에게 접근할 것을
지시했었다.

천유성 대표는 상만이 희우의 사람인 것을 당연히 알고 있
지만 그의 접근을 지켜보기만 했다.

어디까지나 그들의 관계가 계약으로 이뤄진 사이였기에
가능한 일이었다.

그리고 상만은 오늘 아침 일찍 천유성 대표를 만나고 왔다.

상만이 말했다.

—골프장과 리조트, 호텔, 그리고 건설사와 제약, 화학까지 넘겨준다는 제안을 받았어요.

"……!"

희우의 눈썹이 꿈틀거렸다.

이제 싸움은 막바지를 향해 가는 중이었다.

물론 천유성 대표는 자신이 그 싸움에서 승리해 정상의 자리에 설 수 있다고 생각하고 있었다.

문제는 그다음이었다.

정상에 서면 천유성 대표는 그동안 약속했던 대로 희우와 싸워야 한다.

회장의 자리에 오르면 신경 써야 할 게 한둘이 아니다.

반대파를 치워야 하고, 첫째 천지용과 셋째 천하민의 일도 해결해야 한다.

그 상황에서 희우까지 신경 써야 한다는 것은 천유성 대표에게 부담스러운 일이었다.

상만의 목소리를 듣던 희우의 입꼬리가 비틀렸다.

예상하던 일이다.

적어도 천유성 대표는 희우의 생각대로 움직이고 있었다.

희우가 고개를 끄덕이며 말했다.

"일단 거래를 할 것처럼 움직여. 하지만 도장은 찍지 말고."

—간만 보라는 소리죠?

"그래."

―흐흐, 그런데 골프장과 리조트, 호텔 그리고 건설사와 제약, 화학이면 이게 다 얼마예요? 저, 계약서 앞에 있을 때 눈 뒤집혀서 도장 찍는 거 아닐까요?

상만의 앓는 소리에 희우가 피식 웃었다.

"어차피 천유성이 우리에게 준다고 약속해도 지키기 어려운 일이야. 그리고 그중에 하나라도 받는다면 몇 달 못 가서 천유성의 공격을 받을 수도 있고."

―……!

"천유성이 쉽게 재산을 포기할 놈은 아니잖아? 단돈 100원도 너에게 줄 생각이 없을 테니까 욕심 버려."

―하하, 제가 설마 정말 도장 찍지는 않죠. 농담입니다.

희우는 상만과의 전화를 끊었다.

그런 희우를 앞에서 아내가 팔짱을 끼고 보고 있었다.

아내가 살짝 미소 지으며 고개를 저었다. 그리고 말했다.

"역시 여보는 일이 있을 때 눈이 가장 반짝거려."

희우가 미안한 눈빛으로 아내를 바라봤다. 그리고 침대에서 일어서며 말했다.

"미안."

아내가 고개를 저었다.

"아니라니까. 그렇게 말할 필요 없어. 정말로 아프지만 말고 다치지만 않으면 돼. 그게 걱정돼서 툴툴거린 거니까 신경 쓰지 마."

"그렇게 생각해 주면 땡큐고."

희우는 아내를 보며 빙긋이 미소를 그렸다.

그런 그가 걸어가 선 곳은 옷걸이였다.

옷걸이에는 어젯밤에 입고 온 재킷이 걸려 있었다.

희우는 재킷의 주머니 속을 뒤졌다. 그리고 USB를 꺼내 손에 들었다.

그의 입에서 작게 한숨이 흘렀다.

천유성 대표는 희우가 생각한 대로 움직이고 있었다.

하지만 천호령 회장은 아니다.

어젯밤부터 위화감이 들고 있었다.

희우는 어젯밤에 일어났던 일을 다시 한 번 머릿속에 그려 봤다.

민수의 압박에 천호령 회장은 천시현에게 USB를 건넸다.

그런데 조진석의 USB까지 두 개를 들고 있던 그가 천시현에게 준 USB는 하나다.

압박을 당해서 건넸다면 다급한 마음에 줬을 거다.

당연히 하나를 여분으로 챙겨 두는 일은 절대 하지 못한다.

그런데 천호령 회장은 하나를 여분으로 남겨 두는 대담한 행동을 보였다.

그것은 그가 겁을 먹거나 다급하지 않았다는 거다.

희우의 눈이 차가워졌다.

어게인
마이라이프
SEASON2

어쩌면 모든 것이 천호령 회장의 손바닥 위에서 놀아났을 수도 있다는 생각이 들었다.

희우가 작게 한숨을 내뱉은 후 고개를 돌려 뒤에 서 있는 아내를 바라봤다. 그리고 말했다.

"나 잠깐 서재에 좀 들어가 있을게."

"서재?"

아내는 눈을 깜빡였다.

희우와 희아 부부는 방 하나를 서재로 사용하고 있었다.

거실 바로 옆에 있는 방으로 자유롭게 사용할 수 있는 공간인데, 서재에 들어가는 일을 굳이 허락받듯 이야기할 필요는 없었다.

그녀가 눈을 깜빡이고 있자 희우가 말을 이었다.

"조금 오래 있을 수도 있어."

"오래? 하루 종일?"

희우가 고개를 저었다.

"어쩌면 일주일."

"더 길어질 수도 있어?"

"어쩌면?"

희우는 슬쩍 미소 지으며 아내의 옆을 스쳐 지나갔다. 그리고 말을 이었다.

"혹시 나를 찾아오는 사람이 있으면 어디로 여행 갔다고 전해 줘."

"밥은?"

"문 앞에 두면 땡큐."

희우는 미소를 남긴 채 서재 안으로 들어갔다.

━━━━◦◦◦◦◦━━━━

희우의 서재는 천호령 회장이나 조태섭의 서재만큼 화려하거나 크지 않았다.

다만 작은 책장에 희우가 좋아하는 철학에 관한 책들 그리고 아내가 좋아하는 여러 책이 가득 꽂혀 있는 게 자랑이었다.

서재의 끝으로 노트북이 놓인 책상이 보였다.

그리고 그 책상에 희우가 앉아 있었다.

희우는 굳은 표정으로 선에 든 USB를 바라봤다.

그의 입에서 다시 한 번 한숨이 흘렀다.

안에 누구의 이름이 있는지 예측할 수 없으니 부담감은 더욱 컸다.

모르면 어쩔 수 없지만 만약 알게 된다면 가만히 놔둘 수 없었다. 법은 누구에게나 평등해야 하기 때문이다.

희우의 머릿속에 국회의원들의 이름이 하나씩 떠올랐다가 사라졌다.

정부 부처의 고위직의 얼굴이 보였다가 사라졌다.

세간에 떠도는 말처럼 정말 대한민국의 고위직이 전부 제

어게인
마이라이프
SEASON2

왕 그룹에게 뇌물을 먹었다면?

상상할 수 없는 후폭풍이 기다리고 있었다.

희우는 가볍게 고개를 저었다. 그리고 USB를 노트북에 꽂았다.

장부라는 이름의 정직한 파일명이 모니터 화면에 떠올랐다.

시간이 지났다.

밤새 내린 눈으로 서울은 하얗게 뒤덮여 있었다.

천호령 회장의 집도 마찬가지였다.

쌓여 있던 눈이 지붕 아래로 떨어져 내리고 있었다.

며칠 전, 천호령 회장의 집은 검찰의 압수 수색을 받았었다. 하지만 시간이 조금 지난 지금 그에 대한 흔적은 찾을 수도 없었다.

그리고 해가 떠올랐다.

쌓였던 눈이 녹아내렸다.

그만큼 시간은 빠르게 지나가고 있었다.

천호령 회장은 오랜만에 집 밖으로 나와 뒷짐을 지고 정원을 걸었다. 아직 쌀쌀한 날씨였지만 천호령 회장의 옷차림은 가벼웠다.

그가 향한 곳은 정자 앞의 연못이었다.

천호령 회장은 양동이에 있는 잉어 먹이를 한 움큼 쥐어 연못에 뿌렸다.

한강도 얼어붙은 겨울이었지만 연못은 얼지 않았다.

항시 사계절 내내 같은 온도를 유지해 주는 조절 장치가 있기 때문이다.

천호령 회장이 물끄러미 연못을 바라보다가 웃기 시작했다.

"물고기들은 춥든 덥든 돈만 있으면 항시 똑같이 지내는데, 사람은 왜 이런지 모르겠어."

천호령 회장의 입에서 흘러나온 웃음소리는 그 이후로도 한참 동안 흘러나왔다.

그리고 뚝, 그의 입에서 웃음이 멎었다.

천호령 회장의 시선은 천천히 하늘을 향했다.

뒷짐을 진 채 하늘을 바라보던 천호령 회장이 입을 열었다.

"이 나라에서 내로라하는 놈들은 모두 내 돈을 받아먹고 살아왔어. 그 돈으로 집도 사고 차도 사고, 자식새끼 학비도 보탰어."

천호령 회장의 입에서 하얀 입김이 흘러나왔다.

그가 입꼬리를 비틀며 계속 말했다.

"장부를 공개하면 자네가 많이 다칠 거야. 어쩌면 자네뿐만 아니라 가족까지 다칠 수도 있어. 어떻게 할 건가, 김희우 의원?"

어게인
마이라이프
SEASON2

천호령 회장의 주변엔 아무도 없었다.

하지만 그는 자신의 앞에 희우가 서 있는 것처럼 이야기하고 있었다.

천호령 회장의 입에 비릿한 미소가 걸렸다.

희우의 집.

상만이 거실에 앉아 있었다.

희우의 아내 희아가 상만의 앞으로 찻잔을 내려 두며 마주 앉았다.

상만이 말했다.

"며칠째죠?"

희아가 살짝 미소 지으며 고개를 저었다.

희우가 들어간 서재의 문은 여전히 굳게 닫혀 있었다.

그녀가 말했다.

"아시잖아요, 한번 결심하면 고집 꺾기 힘든 거."

상만이 어색하게 웃었다.

"네, 그렇긴 하죠. 그런데 이번엔 고민을 하시는 건지 아니면 뭘 생각하시는 건지 오래 걸리네요."

희아가 말했다.

"뭔지는 몰라도 좋은 생각을 가지고 나올 거예요. 그러니까 걱정하지 마세요.”

상만이 고개를 끄덕이자 희우의 아내가 찻잔을 손에 들며 물었다.

“그런데 어쩐 일이세요?”

희우가 고민에 빠진 것은 상만도 알고 있었다. 그런데 이렇게 찾아온 것을 본 걸 보면 뭔가 이유가 있을 게 분명했다.

상만이 입을 열었다.

“그러니까, 사장님이 서재에 들어가시기 전에 자기가 바쁘면 형수님한테 상의하라고 했거든요.”

희아가 눈을 동그랗게 뜨고 상만을 바라봤다.

“저랑요?”

상만이 고개를 끄덕이자 희아가 고개를 저으며 말했다.

“집에서 애만 보고 있는 아줌마가 뭘 알겠어요.”

상만이 머리를 긁적이며 말했다.

“그렇게 안 보여서요. 예전을 생각하면 사장님보다도 더 무서운 게 형수님인데요.”

“네?”

“뭐, 어쨌든 상의드리고 싶은 이야기는요. 천호령 회장이 검찰 압수 수색 이후로 조금 위축된 상태거든요? 그래서 천유성 대표가…….”

상만은 이해를 돕기 위해 지금까지 일어난 배경 설명을 한참 이어 갔다. 처음에는 관심 없어 하던 희아는 점차 눈을 반짝이며 상만의 이야기에 집중했다.

상만이 계속 말을 이었다.

"천유성 대표가 우리에게 먹고 떨어지라는 식으로 몇 개 건실한 계열사를 던져 준 상태예요."

"물론 미끼겠네요. 손에 쥐어도 가지고 도망갈 수 없는 거겠죠?"

"맞아요. 결국은 제왕 그룹에 속해 있어야 하는 거죠. 회장 자리가 안정되면 가지고 있던 문제를 터뜨려서 우리를 쫓아낼 수도 있고요."

희아가 고개를 끄덕이자 상만이 계속 말했다.

"그래서 이 기회를 틈타 제왕 유통을 사려고 하거든요? 제왕 그룹의 복잡한 순환 출자 고리의 자물쇠가 바로 제왕 유통이에요."

그동안 상만이 제왕 그룹의 계열사에서 구르며 알게 된 사실이다.

자물쇠를 뜯으면 제왕 그룹의 지배 구조 안으로 뚫고 들어갈 여력이 있었다.

희아가 말했다.

"비상장 주식 아닌가요?"

상만이 슬쩍 웃으며 고개를 끄덕였다.

"맞아요. 그런데 대주주가 제왕 그룹 첫째 천지용하고 셋째 천하민이에요. 아시죠, 그 형제지간이 어떤지?"

희아는 쓴웃음을 지으며 고개를 끄덕였다.

알다마다였다. 제왕 그룹의 형제 사이가 좋지 않다는 건 유명했다. 하지만 천하 그룹 역시 만만치 않으니 그녀는 마음껏 웃을 수 없었다.

상만이 계속 말했다.

"천지용하고 천하민은 조금만 설득하면 제왕 유통의 지분을 넘길 것 같습니다. 아무래도 천유성이 혼자 먹고 좋아하는 걸 보고 싶지는 않을 거니까요."

희아가 고개를 작게 끄덕였다.

"그래서, 의논할 건 뭐죠?"

"어디까지 파고들어야 할까요?"

"......!"

"물론 사장님이 나오기 전까지 제왕 그룹을 어떻게 하지 못할 건 당연해요. 하지만 목적지를 알아야 짐을 싸겠죠."

희아가 작게 한숨을 내쉬었다. 그리고 고개를 들어 상만을 보며 물었다.

"사실 저는 이런 이야기를 나누는 걸 좋아하지 않아서 남편이 어디까지 생각하고 있는지 몰라요. 그래서 저도 먼저 물어볼게요. 제왕 그룹을 손에 넣어서 어떻게 할 계획인가요?"

상만은 머리를 긁적였다. 그리고 가만히 희아를 바라보다가 입을 열었다.

"해체요."

"……!"

"계열사마다 찢어서 전문 경영인 체제로 가는 걸 고려하시는 것 같아요."

"전문 경영인요?"

상만이 작게 한숨을 내쉬었다. 그리고 희아를 보며 낮은 목소리로 말을 이었다.

"네, 천호령 회장도 그렇고 천하민, 천지용, 천유성 모두 감옥에 갈 텐데, 그럼 그동안은 누가 경영을 해요? 사장님은 나라 경제에 타격을 가장 작게 주기 위한 방법을 고민했어요."

"……."

"아무리 그렇다 해도 외국 투자자에게 빼앗겨서는 안 되잖아요."

희아가 천천히 고개를 끄덕일 때, 상만이 조심스럽게 말을 이었다.

"그리고 이런 말씀을 어떻게 해야 할지 모르겠는데요. 아마 천하 그룹도 비슷한 절차를 밟을 것 같아요."

"……!"

천하 그룹의 첫째, 김용준 회장이 구속 중에 있었다.

둘째 김자혁이 회장 자리를 노리지만 그는 희아가 보기에도 경영 능력이 부족했다.

경영 능력이 부족한 사람에게 천하 그룹이라는 대한민국의 경제 기반을 맡길 수는 없었다. 자칫하면 회사뿐만 아니라 나라의 근간이 흔들릴 수도 있기 때문이다.

그건 선대 회장이자 그녀의 아버지인 김건영 회장이 바라는 게 아니었다.

희아의 입에서 자신도 모르게 한숨이 흘러나왔다.

잠시 후, 상만이 떠났다.

현관에서 상만을 배웅한 희아는 시선을 돌려 서재를 바라봤다.

여전히 서재의 문은 굳게 닫혀 있었다.

희아는 서재로 다가가 문 앞에 섰다.

그리고 문을 열기 위해 문고리를 잡았다.

천하 그룹에 대해 상의하고 싶었다.

하지만 그녀는 문고리를 돌릴 수 없었다.

그녀 자신도 천하 그룹을 어떻게 해야 할지 결정을 내리지 못했기 때문이다.

잠시 문고리를 잡고 앞에 서 있던 그녀는 작게 한숨을 내쉬며 고개를 저었다.

그녀에게도 생각이 필요했다.

서재 안.

희우는 팔짱을 낀 채 물끄러미 모니터만 바라보고 앉아 있었다.

그는 상만이 왔다가 간 것도 몰랐다.

그저 지금 상황에 집중할 뿐이었다.

모니터를 보는 그의 입가엔 어이없는 듯한 미소가 가득했다.

"개판이네."

희우의 눈에 보이는 모니터의 화면에는 천호령 회장에게 돈을 받은 사람의 이름과 날짜, 액수가 적혀 있었다.

워낙 유명한 사람들의 이름이 있으니 조금만 훑어도 아는 사람의 이름이 많이 보였다.

전·현직 국회의원 및 장관, 방송사 등 언론사 사장, 각 지역의 시장과 고위 공직자 들. 그뿐만 아니었다. 심지어 연예인과 스포츠 스타의 이름도 적혀 있었다.

스크롤을 계속 내려도 이름은 끝이 나지 않는다.

과장되게 말한다면 대한민국에서 조금만 이름이 있는 사람이라면 모두 천호령 회장에게 돈을 받은 것 같았다.

스크롤을 내리던 희우의 손이 멎었다.

"오동준 전 국토 교통부 장관, 80억."

문서의 가장 좌측에는 번호가 있었다.

번호를 눈에 담은 희우는 화면을 바꿔 다른 폴더를 찾아 이동했다.

녹음 파일이 가득 보였다.

희우는 그중에서 오동준 전 국토 교통부 장관에게 적혀 있던 번호의 파일을 찾아 재생시켰다.

동영상 파일인데 화면은 보이지 않는다.

검은 화면 속에서 첫째 천지용의 목소리가 흘러나왔다.

—이쪽 지역의 그린벨트를 취소했으면 합니다.

이어서 장관의 목소리가 들렸다.

—하하하, 제왕 그룹에서 그 지역의 땅을 구매하셨나 봅니다?

—오래전에 묻어 둔 땅인데요. 그쪽으로 마트가 들어서면 괜찮을 것 같아서 제안드립니다.

—하하, 알겠습니다. 제왕 그룹이 하는 일이라면 발 벗고 도와야지요.

장관의 호탕한 웃음소리가 끝났을 때, 천지용이 말을 이었다.

—감사합니다. 그런데 아드님이 귤 좋아합니까?

—귤요?

—아드님이 귤을 좋아할 것 같아서 몇 박스 준비했습니다. 키 주시면 기사를 시켜서 미리 트렁크에 넣어 두겠습니다.

—아이고, 감사합니다. 잘 먹겠습니다.

지금까지 어두웠던 화면이 전환되며 뭔가가 보였다.

귤 박스였다. 하지만 박스 안에는 귤 대신 현금이 가득하다.

한 남자가 박스를 열어 현금을 카메라에 담은 후 다시 박스를 접어 트렁크에 넣었다.

차량 번호까지 완벽하게 찍혀 있다.

희우는 녹음 파일을 정지시키며 피식 웃었다.

서민들은 집 하나를 살 때, 대출을 가득 끼고 집값이 오를까 떨어질까 살얼음판을 걷는 기분으로 하루하루를 산다.

하지만 제왕 그룹은 달랐다.

오를 수 없는 땅도 정책을 바꿔서라도 오르게 하고 있었다.

희우는 자리에서 일어섰다. 그리고 몸을 돌려 창문을 바라봤다.

방금까지 어이가 없어서 웃고 있던 희우의 눈은 세상 그 누구보다 차가운 눈빛으로 변했다.

그는 그렇게 점차 생각에 빠져 갔다.

천호령 회장이 왜 USB를 넘겼는지 이유를 찾아야 했다.

표면적으로는 천호령 회장이 민수의 압박을 이기지 못하고 천시현에게 건넨 것으로 되어 있지만 조금만 생각해 보면 알 수 있었다.

천호령 회장은 일부러 넘긴 거다.

'공개하든 말든 상관없다는 건가?'

말 그대로 대한민국을 움직였고 움직이는 사람들의 뇌물 죄다.

그것도 한두 사람이 아니다.

스크롤을 끝없이 내릴 정도로 많은 사람이다.

언론도, 국회도, 지자체 및 시민 단체도 모두 천호령 회장에게 돈을 먹었다. 희우가 USB를 공개하려 하면 그들은 이를 악물고 말리려 할 것이다.

어쩌면 허위 날조, 또는 물리적인 방법을 동원할 가능성도 존재했다.

그들을 뚫고 USB를 세상에 공개할 수 있을까?

그래서 그들의 죄를 세상에 알릴 수 있을까?

어려운 일이었다.

하지만 희우는 웃고 있었다.

희우가 서재에서 나온 것은 상만이 왔다 간 후로도 며칠이
더 지난 날이었다. 그리고 그날은 딸 굴희의 돌잔치가 얼마
남지 않은 시기이기도 했다.

방에서 나온 희우를 아내가 물끄러미 바라봤다.

오랜만에 본 남편 얼굴이라 신기한 모양이었다.

희우가 멋쩍게 웃으며 물었다.

"왜?"

아내가 고개를 저었다.

"아니, 그냥. 밥 먹을 거지?"

희우가 고개를 끄덕였다.

"응, 배고프네."

같은 집에 있었지만 며칠 만에 인사를 나눈 부부다.

하지만 두 사람의 대화는 평소와 다름없었다.

희우는 아내의 옆을 스쳐 지난 후 시선을 거실로 향했다.

그의 시선이 닿은 곳에는 딸 귤희가 앉아 있는 게 보였다.

귤희의 앞에 앉으며 희우가 아내에게 물었다.

"보통 돌쯤 되면 걷는다고 하지 않아? 우리 딸은 언제 걸을까?"

주방으로 들어가던 아내가 어깨를 으쓱하며 답했다.

"글쎄, 조만간 걷지 않을까?"

희우가 딸을 보며 말했다.

"빨리 걷는 걸 봤으면 좋겠는데, 아빠랑 손잡고 집 앞 슈퍼에 과자 사러 가기도 하면 좋을 텐데."

딸 귤희가 희우를 빤히 바라봤다.

딸의 동그란 눈과 마주친 희우가 슬쩍 웃으며 딸을 안았다. 그리고 무릎에 앉히며 계속 말했다.

"나중에 아빠랑 손잡고 놀이동산에도 가고 동물원에도 가자."

식탁에 음식을 놓던 아내가 고개를 돌려 희우에게 시선을 옮겼다. 딸을 무릎에 앉히고 계속 앞으로의 일을 이야기하는 희우가 어딘지 모르게 이상해 보였기 때문이다.

가만히 그를 바라보던 아내가 작게 고개를 저었다.

"다 차렸어. 어서 와서 먹어."

희우가 귤희를 옆에 내려 두고 자리에서 일어섰다. 그리고 식탁에 앉았다.

보글보글 끓고 있는 된장찌개와 흰 밥이다.

김치와 콩나물 무침 등 많은 반찬은 아니었지만 정갈했다.

희우가 숟가락을 뜨며 입을 열었다.

"잘 먹을게."

"오늘 스케줄 있어?"

"조금 이따가 전석규 총장님 만날 거야. 지난번 민수 선배 만났을 때, 총장님이 만나자는 말을 전해 왔었거든."

"저녁 약속이야?"

"아니, 차 한잔하고 올게. 늦지 않을 거야."

희우는 식사를 시작했다.

아내는 희우의 앞에 앉아 그가 식사하는 모습을 가만히 바라봤다.

밥을 먹던 희우가 눈동자만 들어 아내에게 시선을 향했다.

"밥 먹는데, 그렇게 보고 있으면 체해."

"상만 씨 왔었어."

"그래?"

희우는 대수롭지 않게 답했고 아내는 담담히 이야기를 이어 갔다.

"제왕 그룹 다음으로 천하 그룹을 생각하고 있다며?"

희우가 들고 있던 숟가락의 움직임이 멎었다.

그의 눈동자와 아내의 눈동자가 마주쳤다.

아내는 빙긋이 미소를 그리고 있을 뿐이다.

희우가 작게 한숨을 내쉰 후 고개를 끄덕였다.

"적임자가 없다면 그렇게 하는 게 맞지 않을까? 사례를 보면 전문 경영인도 나쁘지 않아."

"적임자라는 건 나를 말하는 거야?"

"여보일 수도 있고 아니면 다른 사람일 수도 있고. 하지만 지금까지는 여보가 적임자겠지."

아내가 고개를 끄덕였다.

"고민해 볼게."

하지만 희우가 고개를 저었다.

"고민하지 마. 하고 싶은 대로 해."

"……?"

"여보가 경영을 하고 싶다면 천하 그룹으로 돌아가고, 그게 아니라 굴희와 함께 소소한 시간을 보내고 싶다면 그렇게 해."

"……!"

"김희아라는 사람이 천하 그룹에서 나온 이유는 자유로워 지고 싶었기 때문이잖아."

아내는 고개를 끄덕였다.

"알았어. 내가 원하는 걸 생각해 볼게."

희우는 가만히 그녀를 보다가 미소를 짓고 다시 식사를 시작했다.

희우도 처음에는 천하 그룹을 맡을 사람이 자신의 아내 밖에 없다고 생각했었다.

하지만 천호령 회장의 USB를 본 지금은 생각이 바뀌었다.

USB를 보며 느낀 천호령이라는 사람은 돈에 집어삼켜진

악마 같았다.

처음 사업을 시작했을 때의 순수함은 사라지고 오로지 돈을 벌기 위해 돈을 이용하는 자였다.

그의 생각대로라면 돈 위에는 사람도, 세상도 없었다.

오로지 돈, 돈, 돈.

돈이 전부였다.

적어도 희우가 보기엔 그렇게 느껴졌다.

희우가 아내를 바라봤다.

지금 아내의 얼굴은 더없이 맑고 깨끗하다.

하지만 그렇기에 언제든 돈에 집어삼켜질지 모른다.

어떻게 될지는 모르는 거다.

물론, 그녀가 경영을 하겠다면 말릴 생각은 없었다.

희우는 아직 벌어지지 않은 일을 미리 걱정하는 성격은 아니었기 때문이다.

그녀라면 돈에 집어삼켜질지라도 결국은 중심을 잡고 다시 빠져나올 것이라고 믿을 수 있었다. 하지만 지금은 그녀가 그 누구보다 평범하게, 행복하게 살아 줬으면 하는 마음뿐이었다.

그날 오후.

희우는 검찰총장실에 전석규 총장과 마주 앉아 있었다.

전석규 총장은 찻잔을 들며 희우를 힐끔 바라봤다.

얼마 전만 해도 더없이 가까운 두 사람이었다.

하지만 지금 두 사람의 사이에는 보이지 않는 벽이 가로막힌 것처럼 서먹했다.

아무래도 전석규 총장은 정치권에서 벗어나 누구에게나 공정한 검찰을 만들고 싶은 사람이었고, 희우는 정치권에 있는 국회의원이었기 때문이다.

희우가 계속 검찰에 있었다면 전석규 총장이 그 어떤 검사보다 희우를 총애했겠지만, 지금은 가까이하기도 멀리하기도 애매한 사이가 되었다.

전석규 총장이 입에 댔던 찻잔을 내려 두며 말했다.

"이민수한테 들었어. USB를 손에 넣었다고?"

희우가 고개를 끄덕였다.

"네."

"어떤 내용이 있지? 이제야 검찰에 온 이유가 뭐야?"

마음이 급했는지 전석규 총장은 빠르게 물었다.

희우는 쓰게 미소 지으며 품에서 USB를 꺼내 테이블에 내려 뒀다. 그리고 말했다.

"전·현직 국회의원 및 고위 관직자. 검, 경의 간부들. 지방 자치 단체의 힘 있는 사람들 등등. 그 파일에 적힌 사람의 숫자만 1천 명에 가깝습니다."

"……!"

1천 명이라는 말에 전석규 총장의 눈이 찌푸려졌다.

가늠도 잘 안 되는 숫자였다.

전석규 총장의 입에서 작게 한숨이 새어 나왔다.

그는 가만히 생각에 빠졌다.

1천 명이라는 숫자를 들었을 때는 말도 안 된다고 생각했다.

하지만 국회의원의 숫자만 해도 삼백이다.

물론 그들이 전부 천호령 회장의 돈을 받아먹지는 않았을 테지만, 천호령 회장이 그동안 준비해 온 시절을 생각하면 충분히 가능한 일이었다.

생각을 마친 전석규 총장이 다시 시선을 들어 희우를 바라봤다.

희우가 말을 이었다.

"현직에도 상당히 많은 사람이 주요 자리에 앉아 있습니다. USB를 오픈한다고 해도 아무도 처벌하지 못하고 흐지부지되어 끝날 가능성이 높습니다."

"……."

"그 사람들은 법 위에 서 있는 악마들이니까요."

전석규 총장이 살짝 눈을 감았다.

그들과 싸울지 말지 고민하는 거다.

전석규 총장이 지검장의 자리에만 앉아 있었어도 다른 생각을 하지 않고 덤벼들었을 것이다.

하지만 지금은 지검장이 아니라 총장이라는 자리에 앉아 있다. 그는 검찰을 대표하는 사람이었고 자신의 지시로 인해 검찰 전체의 위상이 달려 있기도 했다.

그의 입에서 '끄음.' 하고 신음 소리가 새어 나왔다.

희우는 USB에 적힌 명단이 한두 명이 아니라 1천 명에 가깝다고 했다.

그것도 각양각색의 직업에 몸담은 사람들이다.

정치가, 기업가, 언론가 등등의 인물들.

그들이 위기감을 느끼고 힘을 합친다면, 당연히 여론은 검찰의 편이 아니게 된다.

생각에 빠져 있던 전석규 총장이 한쪽 눈만 뜨고 희우를 바라봤다. 그리고 물었다.

"말해 봐. 조태섭과 이 사람들 중에 누가 셀까?"

희우가 어깨를 으쓱해 보였다.

"글쎄요. 개개인으로 따진다면 조태섭의 상대가 될 수 없겠지만 이들은 숫자가 많으니까요. 한 사람을 잡으면 또 다른 사람이 있을 텐데, 이번 역시 쉽지는 않을 것 같습니다."

전석규가 고개를 끄덕였다.

"쉽지 않으면 어떻게 해? 그래도 해야지."

전석규의 말에 희우가 입가에 미소를 그렸다.

아직 호랑이 전석규는 살아 있었다.

전석규가 말했다.

"생각이 있으면 말해 봐. 어떤 방법을 쓸 거지?"

"판을 만들려고 해요."

"판?"

희우가 고개를 끄덕였다.

"판을 만들면 USB에 적힌 사람들은 알아서 들어올 겁니다. 그리고 서로 자신은 죄가 없다며, 또는 상대가 더 더럽다며 싸울 겁니다."

"그리고?"

"우리도 판에 들어가야 합니다."

희우의 계획에는 막힘이 없었다.

그의 이야기를 가만히 듣고 있던 전석규 총장의 표정은 밝아졌다가 어두워지기를 반복하고 있었다.

그리고 희우가 이야기를 마쳤을 때, 전석규 총장의 입에서는 무거운 한숨만 흘러나왔다.

그의 입안은 바짝 말라 있었다.

그가 찻잔을 들어 입안을 적신 후 입을 열었다.

"많이 다칠 거야."

희우가 조금은 안타까운 미소를 지으며 고개를 저었다.

"한 명도 다치는 사람 없이 끝내야죠. 법이 공평하다는 걸 보여 주고 싶습니다."

"법이 공평하다는 건 좋은 말이지만 어려운 말이기도 해."

전석규 총장은 다시 찻잔을 들었다.

차를 아무리 마셔도 갈증은 사라지지 않았다.

그가 찻잔을 내려놓으며 물었다.

"일정은?"

"글쎄요. 최대한 빨랐으면 합니다만 아직 천호령 회장이 왜 이 USB를 제게 줬는지는 파악을 못 했습니다. 어떤 꿍꿍이가 있는지는 고민하고 계획에 들어갔으면 합니다."

"……."

"그리고 또, 아무래도 사안이 작지 않으니 총장님도 생각의 정리는 필요할 것 같습니다."

"생각의 정리가 필요하다고?"

"하지만 길어야 2주입니다."

희우의 툭 내뱉은 말에 전석규 총장은 눈을 찌푸렸다.

길어야 2주라는 말.

희우가 던진 2주라는 시간이 꼭 전석규 총장을 위한 시간 같이 느껴졌다.

검찰총장실에는 전석규 총장만 남아 있었다.

희우는 오랜만에 검찰에 왔으니 민수와 윤수련을 보고 간다며 총장실을 떠났다.

전석규 총장은 눈을 찌푸린 채 희우가 놓고 간 USB를 손에 들고 빙글 돌려봤다.

"이 안에 제왕 그룹의 돈을 받아먹고 큰 사람들의 이름이 적혀 있다고?"

전석규 총장의 손가락이 톡톡 테이블을 두들겼다.

그의 눈은 점점 차가워졌다.

볼까 말까 고민하는 것이다.

'이걸 왜 놓고 갔을까?'

희우의 성격상 이번 사건의 키가 될 USB를 다른 쪽에 두고 가지는 않는다.

그 상대가 아무리 전석규라고 해도 그건 당연했다.

USB를 바라보던 전석규 총장이 어이없다는 듯 고개를 저었다. 대한민국의 검찰총장이 죄인의 이름이 담긴 USB를 손에 들고 볼까 말까 고민한다는 것 자체가 우스웠기 때문이다.

그는 자리에서 일어서 자신의 책상으로 걸어가 자리에 앉았다.

그리고 USB를 연결했다.

화면이 떠올랐고, 스크롤을 내리던 전석규 총장의 얼굴이 쩍쩍 갈라졌다.

그 시각, 희우는 민수와 만나고 있었다.

윤수련 검사는 일이 있어 조금 늦게 나온다는 말을 전했기에 두 사람만 검찰청을 나서 길가의 커피숍으로 걷는 중이었다.

민수가 희우에게 말했다.

"총장님이 어떤 선택을 하실까?"

"법에 사심을 넣을 분은 아닙니다."

"믿는 거야?"

"네."

희우의 간단한 대답에 민수가 묘하게 웃으며 물었다.

"넌 나도 믿어?"

"네."

"흘흘흘, 고맙네. 천하의 김희우가 나도 믿어 주고."

민수의 눈은 건물로 향했다.

시선이 멈춘 곳은 전석규 총장의 방이 있는 곳이다.

민수가 낮은 목소리로 말했다.

"USB에서 자신의 동생 이름을 봤을 때, 총장님은 어떻게 행동하실까?"

희우가 씁쓸하게 미소 지었다.

"사심을 넣을 분은 아닙니다."

민수가 고개를 끄덕였다.

"정말로 법을 집행하는데 사심을 넣지 않는 분이라면 내가 평생 따른다, 흘흘흘."

그때 희우의 핸드폰이 울렸다.

발신 번호는 전석규 총장이다.

희우가 눈을 깜빡이며 민수를 봤다가 통화 버튼을 눌렀다.

전석규 총장의 목소리가 흘러나왔다.

ー내 동생 때문에 2주라는 시간을 준 건가? 내가 마음의 정리를 하라고?

"……."

ー그럴 필요 없어. 바로 집행해도 좋아.

희우가 전화를 끊으며 민수를 바라봤다.

"어쩌죠, 민수 선배? 이제 총장님을 평생 따라야겠네요."

"잉? 무슨 소리야? 총장님이 뭐라고 하셨어?"

"동생 신경 쓰지 말고 바로 진행해도 좋다고 하십니다."

민수는 눈을 깜빡거렸다. 뭔가 잘 이해가 되지 않는 표정이었다. 그가 고개를 갸웃거리더니 다시 물었다.

"동생을 신경 쓰지 말라 했다고?"

"네."

민수는 믿기지 않는지 또 물었다.

"지금 천호령 회장한테 돈 먹었다던 사람을 말하는 거 맞지?"

희우는 그저 가볍게 고개를 끄덕였다.

민수의 눈이 꿈틀거렸다.

천호령 회장은 전석규 총장의 동생을 엮어 뇌물을 전달했다.

사람인 이상 돈에서 자유롭기는 힘들었고 욕심이 있기 마련이다. 결국 전석규 총장의 동생은 돈을 받았고 말았다.

여기까지는 일반적인 일이다.

슬프지만 우리 주변에서 흔히 일어날 수 있는 일이었다.

민수가 놀란 것은 그다음이었다.

바로 전석규 총장이 동생의 비리를 덮어 주려 하지 않았기 때문이다.

전석규 총장과 희우는 충분히 가까운 사이였다.

수사 대상에서 동생의 이름을 지우자고 부탁할 수도 있었다.

하지만 그는 부탁하지 않았다.

오히려 정공법을 택했다.

자신의 동생이라고 해도 봐주지 않고 공정히 수사하기를 원하고 있었다.

희우가 민수를 보며 말했다.

"부럽습니다."

민수가 고개를 끄덕였다.

"나도 지금 그 생각 했어. 네가 나를 무척 부러워할 것 같아. 부럽지? 흘흘흘."

"네, 부럽습니다. 저도 저런 총장님 밑에서 검사를 하고 싶었습니다."

민수가 팔을 쭉 펴서 기지개를 켠 후 고개를 돌려 건물을 바라봤다. 그리고 말했다.

"우리 총장님, 이번 사건 잘 뚫고 가실지 모르겠네. 좋은 총장과 능력 있는 총장은 다른 거니까."

희우가 말했다.

"쉽지는 않을 겁니다."

민수는 고개를 끄덕였다.

"쉽지 않겠지. 그래도 해야지. 좋은 총장이 능력 있는 총
장이 되어 보는 것도 나쁘지 않잖아?"

민수의 시선이 희우에게 향했다.

그가 말을 이었다.

"그런데 이번 일이 끝나면 이 나라가 깨끗해지는 거냐?"

희우가 슬쩍 웃었다.

"적어도 지금보다는 깨끗하겠죠?"

"흘흘흘, 좋네."

잠시 후.

희우와 민수는 커피숍에 마주 앉아 있었다.

희우의 시선이 민수의 옆으로 향했다.

그곳엔 방금 도착한 윤수련 검사가 보였다.

윤수련 검사가 희우를 보며 살짝 웃었다.

"며칠 동안 세상과 연을 끊고 사셨다면서요? 생각의 정리
는 모두 끝나셨나요?"

희우가 웃으며 고개를 끄덕였다.

"거의 끝났어요."

윤수련 검사가 계속 말했다.

"조금 있으면 아기 돌이죠? 축하드려요. 혹시 필요한 거 있으세요?"

연석에게 들은 모양이었다.

그런데 옆에서 커피를 마시고 있던 민수가 뜬금없이 희우를 바라봤다.

"돌이야?"

"네? 네."

"왜 나 안 불러?"

"지난번에 한번 말하지 않았나요? 그냥, 가족끼리 한다고…….'"

"난 가족이 아니야?"

민수는 정말 실망한 표정이었다.

희우가 멋쩍게 웃으며 윤수련 검사에게 시선을 돌렸다.

난처할 때는 일 이야기를 하는 게 최고였다.

"수사는 어떻게 되고 있어요?"

윤수련 검사가 스트로를 물고 있던 입을 떼고 말했다.

"조직원들 한 명씩 수사하는 중이에요. 아마도 일주일? 그 안에는 대부분 드러날 것 같은데요. 그런데 조진석은 언제 보내 줄 건가요?"

사건이 끝난 후 조진석은 검은 양복의 부하들과 함께 몸을 빼냈다.

조진석을 도와줬던 검은 양복의 부하들은 경호원으로서의 새 삶을 시작하게 될 것이다. 하지만 조진석은 조만간 검찰에 자발적으로 가기로 약속되어 있었다.

희우가 말했다.

"조만간 갈 겁니다. 아직 대통령 아들의 뺑소니가 해결되지 않았잖아요. 지금 나타나면 천호령 회장과 손잡고 있는 사람들이 나서서 모든 죄를 조진석에게 뒤집어씌울 수도 있으니까 조심하는 모양이에요."

윤수련 검사가 고개를 끄덕였다.

"좋아요. 그럼 조진석은 김희우 의원님께 맡길게요."

"한상제 변호사 사건은 진전이 있나요?"

"그거 물어보시는 거죠? 한상제 변호사가 제왕 그룹에서 뭘 빼돌리려 했는지요."

"네."

윤수련 검사가 작게 한숨을 내쉬며 고개를 저었다.

"그건 알고 있는 사람이 아직 없어요. 점조직이 아니라 제왕 그룹의 주요 인물을 잡아서 물어봐야 할 것 같아요."

그 시각, 자택의 정원을 거닐던 천호령 회장이 정자로 올라서고 있었다.

그는 정자에 걸터앉아 아래 보이는 연못을 가만히 바라봤다.

자글자글한 눈가의 주름과 달리 그의 눈은 또렷했다.

연못 속의 물고기가 유유히 헤엄을 치는 게 그의 눈에 담겼다.

가만히 물고기를 바라보던 천호령 회장이 정자 한편에 준비된 양동이를 들고 와 다시 난간에 앉았다.

양동이에는 물고기 먹이가 있었다.

먹이를 손으로 한 움큼 들어 연못에 뿌렸다.

물고기가 먹이를 먹기 위해 수면 위로 올라오며 물이 튀기는 소리가 요란하게 들려왔다.

물고기를 바라보며 천호령 회장이 낮은 목소리로 말했다.

"미끼를 문 놈이 슬슬 올 때가 됐는데⋯⋯."

그리고 저벅거리는 발소리가 들려왔다.

하지만 천호령 회장은 발소리에 신경 쓰지 않았다.

그저 빙긋이 미소를 그린 채 연못에 먹이를 뿌리는 일에 열중했다.

발소리가 정자 입구에서 멈췄다.

하지만 천호령 회장은 여전히 먹이를 뿌리는 일에 집중할 뿐이었다.

그리고 천호령 회장이 손바닥을 털며 말했다.

"왔어?"

마치 올 것을 예상하고 있었다는 말투였다.

하지만 천호령 회장은 여전히 발소리의 주인공에게 시선을 돌리지 않고 연못을 바라보고 있었다.

발소리의 주인공은 천유성 대표였다.

그는 시선도 주지 않는 천호령 회장을 향해 허리를 굽혔다가 세웠다.

아직도 천호령 회장은 천유성 대표에게 눈길을 주지 않았다.

천유성 대표는 천호령 회장이 하는 모든 일을 방해하고 있었다.

우선 천지용 대표의 석방을 막았고, 천시현을 빼돌렸다.

그리고 지금은 자신이 회장 자리에 앉기 위해 천호령 회장과 대적하고 있었다.

천호령 회장이 고개를 돌려 시선을 마주칠 생각을 하지 않자 천유성 대표가 말했다.

"아버지, 이제 제왕 그룹을 제게 넘겨주십시오."

"……."

"천하민도 끝났고 천지용 형님은 나오지 못할 겁니다. 이제 제왕 그룹을 맡을 수 있는 사람은 저밖에 없습니다."

"……."

"제가 아버지의 자리를 빼앗는 건 좋아 보이지 않습니다."

"……."

"전 아버지에게 자리를 받고 싶습니다."

천호령 회장의 시선이 천천히 천유성 대표에게 향했다.

분명 천유성 대표는 자신을 바라볼 천호령 회장의 눈빛이 분노로 물들어 있을 거라고 예상했었다.

하지만 그의 눈빛에 분노는 없었다.

오히려 폭풍 전야의 하늘처럼 잔잔했다.

천호령 회장은 빙긋이 미소를 그린 채 천유성 대표의 앞으로 걸어와 마주 섰다.

천유성 대표가 침을 꿀꺽 삼켰다. 그리고 계속 말했다.

"아버지가 제왕 그룹의 회장에 있는 걸 세상이 원하지 않습니다."

천호령 회장이 천천히 고개를 끄덕였다.

"그래."

천유성 대표가 말을 이었다.

"이제 아버지의 시대는 지났습니다. 그만 물러나 주십시오."

이 말을 하며 천유성 대표는 따귀를 맞을 각오까지 했다.

하지만 천호령 회장의 입가엔 여전히 미소가 걸려 있었다.

천호령 회장이 낮은 목소리로 말했다.

"유성아, 내가 자리를 물려주지 않으면 이사들과 싸울까 봐 그러는 거야? 내 인정을 받아 자리에 오르면 싸우지 않고 자리를 공고히 할 수 있을 것 같아서?"

"……!"

천유성 대표는 부정하지 않았다. 천천히 고개를 끄덕일 뿐이었다. 이사들에게 인정을 받지 못하면 회장 자리에 앉는다 해도 반쪽짜리이기 때문이다.

그런 천유성 대표를 보던 천호령 회장이 피식 미소 지었다. 그리고 고개를 끄덕였다.

"생각해 보지."

천유성 대표의 눈이 꿈틀거렸다.

확정이 아니라 생각해 본다는 말이다.

하지만 이 정도의 말도 대단한 발전이었다.

천호령 회장이 말했다.

"먼저 할 일이 있어. 내가 돕지는 못해도 눈은 감아 주지. 천하민이나 천지용의 옆에 붙은 이사들 있지?"

"네."

"전부 쳐 내. 그래야 네가 편하게 일을 할 수 있을 거야."

천유성 대표가 천호령 회장에게 천천히 고개를 숙였다.

"감사합니다."

고개를 숙인 천유성 대표의 입가엔 미소가 한가득이었다.

이렇게 쉽게 허락을 받아 낼 거라고는 생각하지 못했기 때문이다.

하지만 그가 보지 못하는 천호령 회장의 얼굴엔 비웃음이 가득했다.

하나 천유성 대표는 보지 못했다.

그가 고개를 들 때, 천호령 회장의 입가에 있던 미소는 이미 사라졌기 때문이다.

그리고 두 사람의 시선이 허공에서 마주쳤다.

잠시 후, 천유성 대표가 떠났다.

천호령 회장은 다시 정자의 난간에 걸터앉아 있었다.

그의 시선이 아래에 있는 연못을 바라봤다.

천호령 회장은 아직 물고기 밥 주는 걸 모두 끝내지 못했는지 다시 양동이를 들었다.

그리고 손에 쥔 한 움큼의 먹이를 연못에 뿌렸다.

먹이를 먹기 위해 퍼덕거리는 물고기를 바라보며 천호령 회장이 낮은 목소리로 말했다.

"미끼를 던졌고 너희는 모두 물었어."

천호령 회장의 입가에 주름진 미소가 걸렸다.

그에겐 대통령이나 천유성도 그리고 희우도 모두 미끼를 문 물고기일 뿐이었다.

다음 날, 서울의 한 커피숍.

희우는 상만과 함께 앉아 있었다.

희우가 말했다.

"김지임 씨는 공부 잘하고 있어?"

사법 고시 1차 시험이 얼마 남지 않았다.

김지임은 최근 상만과 데이트도 하지 않고 공부에 빠져 있었다.

상만이 어깨를 으쓱해 보였다.

"직접 묻기는 뭐해서요. 가끔 한지현 사장님 찾아가서 물어보는데요."

커피숍을 운영하는 한지현은 김지임과 한집에 살고 있었다.

하지만 그녀 역시 공부만 하는 김지임의 얼굴을 본 적이 오래되었다고 상만에게 전했다.

상만이 계속 말했다.

"그래도 한지현 사장님 이야기를 들어 보니까 가끔 나와서 밥도 먹고 하는 모양이에요. 한지현 사장님이 집에 가면 사람이 사는 흔적은 보인다고 하네요."

희우가 피식 웃으며 물었다.

"넌 합격했으면 좋겠어? 아니면……?"

"당연히 붙었으면 좋겠죠. 그렇게 힘들게 공부하고 있는데, 당연히 붙었으면 좋겠는데…….."

뒷말을 끌던 상만이 희우를 보더니 슬쩍 웃었다. 그리고 말을 이었다.

"예전에 사장님이 검사 할 때를 떠올려 보면 사실 잘 모르겠어요. 그때 사장님 퇴근도 잘 못 하고 계속 일만 했었잖아요."

"검사라면 당연히 그렇게 일해야 하는 거지. 국가에서 힘을 줬으면 그 책임도 따르는 거니까."

상만이 고개를 끄덕였다. 그리고 가방에서 서류를 꺼내 테이블 위에 놓았다.

"지임 씨 일을 말하다 보면 울적해져요. 보고 싶기도 하고요. 다른 이야기 해요."

희우는 상만이 꺼낸 서류에 시선을 보냈다.

상만이 말을 이었다.

"우리 쪽에 붙을 계열사예요. 숨겨 둔 돈을 풀어서라도 제왕 그룹 천씨 가문에서 벗어나고 싶은 모양이에요."

희우가 고개를 끄덕였다.

제왕 그룹의 형제가 오랜 세월 싸워 오며 계열사들은 피로를 느끼고 있었다.

벗어나고 싶은 마음이 드는 건 사람인 이상 당연하다.

상만이 계속 말했다.

"정치권에서 조금만 도와주면 독립을 선언할 수도 있을 것 같아요."

희우가 고개를 끄덕였다.

상만이 말을 이었다.

"그리고 낮에 천유성 대표를 만났거든요? 그런데 지나가듯 하는 이야기를 들어 보니까 천호령 회장에게 인정받았다는 식으로 이야기하더라고요."

"인정?"

"네, 천하민과 천지용 쪽에 붙었던 이사들을 쳐 낸다고 하더라고요."

그 말에 희우의 입가에 미소가 맺혔다.

그는 핸드폰을 들어 윤수련 검사에게 전화를 걸었다.

"김희우입니다. 한상제 변호사가 제왕 그룹에서 무엇을 빼돌리려 했는지 예상되고 있어요."

한상제 변호사는 제왕 그룹에서 어떤 것을 빼내려다가 살해당했다.

그게 처음에는 USB라고 생각했지만 아니었다.

한상제 변호사의 힘으로는 USB를 손에 들고 있어도 세상에 오픈할 수 없기 때문이다.

윤수련 검사가 물었다.

ㅡ뭔데요?

다음 권으로 이어집니다

어게인
마이라이프
SEASON2

꿈의 도약, 로크에서 하십시오
(주)로크미디어에서 신인 작가를 모십니다

즐거운 세상, 로크미디어는 꿈을 사랑하고 도전을 두려워하지 않는 작가 분들의 참신한 작품을 기다리고 있습니다. 21세기 장르 문학계를 이끌어 갈 차세대 선두 주자 (주)로크미디어에서 여러분의 나래를 활짝 펴 보시길 바랍니다.

모집 분야 판타지와 무협을 포함한 장르 문학
모집 대상 아마추어 작가, 인터넷 작가
모집 기한 수시 모집

작품 접수 시 유의 사항

1. 파일명은 .작가명_작품명.hwp형식을 갖춰 주십시오.
1. 파일에 들어갈 내용은 다음과 같습니다.
    — 성명(필명인 경우 실명을 밝혀 주세요), 연락처, 이메일 주소
    — 제목, 기획 의도
    — A4용지 1장 분량의 등장인물 소개
    — A4용지 2장 분량의 전체 줄거리
    — 본문
1. 작품이 인터넷에 연재되고 있다면, 게시판명과 사이트의 구체적이고 정확한 주소를 기재해 주십시오.

선택된 작품은 정식 계약 후 출판물로 간행되어 전국 서점에 유통됩니다.
작가 분은 (주)로크미디어의 전폭적인 지원하에 전속 작가로 활동하시게 됩니다.
※ 자세한 내용은 로크미디어 홈페이지(rokmedia.com)를 참조하세요.

(03920)서울시 마포구 성암로 330 DMC첨단산업센터 3층 314호
(주)로크미디어 편집부 신간 기획 담당자 앞
전화 : 02 - 3273 - 5135
www.rokmedia.com   이메일 : rokmedia@empas.com

오

늘
은

출
근

이해날 현대 판타지 장편소설

한길 판타지 장편소설

베일리의 군주

『다신 안 해』 작가, 한길의 신작!
첫 장부터 화끈한 스피드를 즐겨라!

흑마법사에게 가족을 잃고 인생을 빼앗긴 앨런
허수아비 백작으로 이용당하던 중 진실을 알게 되었으나
결국 살해된 후, 정신을 차리니…… 과거로 돌아왔다?

새로운 삶에 적응하기도 전에
눈뜨자마자 마주친 전생의 원수를 폭풍같이 처단하고,
흑마법사의 출현을 보고하러 간 왕궁에서
국왕마저 쥐락펴락하는 놈들의 간계에 분노하는데……

사이다처럼 시원하게! 폭포처럼 통쾌하게!
흑마법사의 말살을 위한 사냥을 시작한다!